회사를 해고하다

2018년 4월 1일 초판 1쇄 펴냄

펴낸곳 도서출판 삼인

지은이 명인
펴낸이 신길순

등록 1996.9.16 제25100-2012-000046호
주소 03716 서울시 서대문구 연희로 5길 82(연희동 2층)

전화 (02) 322-1845
팩스 (02) 322-1846
전자우편 saminbooks@naver.com

디자인 디자인 지폴리
인쇄 수이북스
제책 은정제책

©2018, 명인
ISBN 978-89-6436-139-9 03810

값 13,000원

회사를
해고하다

명인 지음

삼인

자본주의를 해고하다니

엄기호

귀농이 아니다. 회사와 학교를 자신들이 해고하고 제 삶답게 살겠다고 시골로 내려간 것이라고 한다. 그런데 책을 읽다 보면 이들이 해고한 것이 학교와 회사만이 아니다. 도처에서 사용자와 노동자로, 고객과 노동자로 나뉘어진 관계도 해고했다. 일년 내내 '싱싱한' 먹을거리가 넘쳐 흘러서 봄인지 겨울인지 구분도 못 하는 시간을 해고했다. 맞다. 이 책을 읽다 보면 무릎을 치며 알게 된다. 이들이 해고한 것은 '자본주의'였다.

자본주의를 해고하다니, 너무 재밌다. 우리는 사실 자본주의로부터 해고당하기만 하는 존재들이 아니었는가? 자본주의의 시간과 공간, 자본주의적 인간관계에 매여 있으면서 그걸 '자유'라고 알고 살다 쓸모가 없어지면 가차없이 해고당하는 게 우리들 아니었는가?

그런데 이 책의 저자(와 그의 가족들)는 자본주의를 해고해 버렸다. 자본주의의 시간과 관계, 그리고 노동과 몸을 해고했다.

이들은 제 시간을 찾고 제 몸을 찾고 제 노동을 찾고 서로 의지하고 협력하는 인간의 '間'을 찾았다. 자본주의적 '間'을 버리고 제 '間'을 찾은 것이다. 시간과의, 지리와의, 이웃과의, 자기 자신의 몸과의 '사이'를 되찾아 세계를 돌려받았다. 제 철에 무엇을 먹고, 무엇을 캐고, 그걸 누구에게 어떻게 거저 배웠는지, 그리고 그것이 어떤 기쁨을 돌려 주었는지에 대한 경이로운 이야기로 가득한 책이다.

그러고 보니 자본주의는 언제나 우리를 철들지 못하고 자본에 의지하고 살아 가며 사람도, 시간도, 지리도 읽지 못하는 철부지로 만들어 버리지 않는가? 아, 시골에서 자라 몸으로 언제가 딸기'철' 이고 참외'철'인지를 바람의 온도로 알던 내가 완전히 잊어버리고 잃어버린 '철', 그 '철'을 저자와 그의 가족이 다시 되찾는 '철 드는 이야기'다. 철든다는 게 기실 삼라만상의 제 때와 제 자리를 헤아릴 줄 알며 제 삶을 살아 가는 것 아닌가. 아직 그런 삶을 살 용기가 없는 나로서는, 부럽고 존경스럽다.

엄기호 학부와 대학원에서 사회학을 공부하던 중 국제가톨릭학생운동 아시아·태평양 사무국에 들어가 반세계화 현장에서 주로 대학생들의 사회의식을 고양하는 양성 프로그램을 기획하고 운영하는 일을 했다. 그 후 문화학과 박사과정을 밟으며 신자유주의와 청년 하위문화를 연구하였다. 성장이 불가능한 시대의 페다고지를 만드는 것을 삶의 화두로 삼고 있다. 2013년 박사학위를 마치고 현재는 덕성여대 겸임교수, '교육공동체 벗'에서 발간하는 《오늘의 교육》 편집위원을 하고 있다. 저서로 《닥쳐라, 세계화!》(2008), 《아무도 남을 돌보지 마라》(2009), 《이것은 왜 청춘이 아니란 말인가》(2010), 《우리가 잘못 산 게 아니었어》(2011) 등이 있다.

지기만 하는 싸움을 두려워하지 않는 벗들에게

차례

별 일 없이 산다

부부가 멀쩡하게 다니던 직장을 때려치우고 아이들은 학교까지 때려치우고 서울을 떠나 고흥에 살고 있다고 하면 사람들의 반응은 대개 두 가지로 갈린다. '미쳤다' 또는 '대단하다'.

첫번째 반응은 오히려 매우 솔직한 편인데, 이 말에는 아이들에게 무책임하다, 이상주의다, 현실을 모른다, 얼마나 가나 보자 등이 함축돼 있다. 두번째 반응은 사실상 '미쳤다'를 조금 순화한 표현인 경우가 많은데 대개는 부럽다는 뒷말이 따라 붙는다. 그래서 내가 짐짓 "부러우시면 저희처럼 하시면 되죠."라고 말하면 대부분 그럴 수 없는 장황한 이유를 굳이 설명하며 난색을 표한다. 어떤 반응이든 결국 '당신들은 우리랑은 다른 사람이다.'라는 뜻이다. 때로는 우리가 돈이라도 엄청 많아서 아무나 할 수 없는 선택을 한 것처럼 비꼬듯이 말하는 사람도 종종 있는데, 그런 사람들은 신기하게도 십중팔구 우리보다 경제적 형편이 좋은 사람들이더라. '대안은 없다'는 전지구적 선동 속에서 자본주의는 세계를 지배하는 정치경제 '체제'로서도 굳건하지만, 우리의 머리끝부터 발끝까지, 우리의 밥상부터 주머니 속까지, 사람과 사람의 관계까지 온통 지배하는 '삶의 양식'으로서도 완전히 자리잡았고 사람들은 '다른 삶'을 선택할 수 있다고 좀처럼 상상조차 해 보지 않는 것 같다.

반면, 귀농 혹은 소농이 마치 현재 우리 사회의 대안인 듯 말하는 사람들이 있다. 그런 사람들이 나 역시 같은 생각일 거란 지레짐작으로 편을 묶어 버리는 경우가 종종 있는데, 그런 경우 나는 좀 단호하게 말하는 편이다. "저는 귀농이 '대안'이라고 생각해서 시골로 이사 온 사람이 아닙니다." 나는 새로운 사회를 꿈꾸고 만들어 가는 데 있어 '다른 상상력'이 절대적으로 필요하다고 생각하지만, 함부로 '이것이 대안이다'라고 말하는 선동을 '대안은 없다'는 선동만큼이나 신뢰하지 않는다. 그리고 무엇보다 나는 이른바 생태적인 삶을 표방하며 점점 '가족'이나 '개인'으로 회귀하는 사람들을 신뢰하지 않는다.

나는 '과학주의'를 경계하며 매우 비판적인 생각으로 다른 실천을 모색하는 사람 중 하나지만, 기술혐오주의자들 역시 신뢰하지 않는다. 지금 고흥에서 구들방에 불을 때는 삶이 가능하고 심지어 그것이 가장 친환경적인 난방일 수 있는 것은 그런 사람이 매우 소수이기 때문이다. 어느 날 갑자기 현재의 고흥 인구 전체가 보일러를 모두 없애고 방마다 구들을 놓는다면, 설령 가장 에너지효율을 높이는 방법으로 '취사와 난방을 동시에 해결하는' 부엌으로 모든 집을 개조한다고 해도, 당장 나무 전쟁이 일어날 거다. 올레길을 걸으면서도 그 길을 같이 걸을 수 없는 장애인 벗들을 제일 먼저 떠올리게 되는 나는, '과학기술'에 대한 경계와 비판만큼이나 그에 대한 섬세한 접근이 필요하다고 생각한다. 과학기술은 왜 이렇게는 진보할 수 없었을까? 우리의 욕망까지 좌지우지하면서 쓸데없는 필요를 창조해내는 그런 거 말고, 이 세상 모든 사람들에게 정말 필요한 것들 혹은 원래부터 주어졌던 자연스러운 것들이 '골고루 나누어지게' 하기 위해 연구하고 발명하는, 그런 게 과학기술이었으면 좋겠다.

좀더 솔직해지자. 시골의 인구 감소와 고령화로 세상 떠들썩하게 말들이 많지만 아직까지 나는 그래서 내가 누리는 혜택을 별로 포기하고 싶지 않다. 고흥의 땅값이, 고흥의 자연환경이 이만큼 유지되는 것은 실은 대다수의 사람들이 도시에 밀집해 살고 있기 때문에 가능하다는 사실, 나는 그것을 너무나 잘 알고 있으니 그런 이기적인 생각마저 드는 것이다. 누군가가 대안이라고 떠드는 삶을 살겠다고 도시에서 만 명만 몰려와도 현재 고흥의 평화로운 삶은 지켜지지 않을 게 뻔하다는 사실 말이다. 언제나 내가 무엇인가를 누릴 땐, 그것에 대한 대가를 치르는 사람들이 있다. 그래서 나는 농민들의 삶에 무지하고 무관심한 도시 사람들에게 자주 화가 나지만, 도시노동자들의 삶에 대해 함부로 말하는 생태주의자들에게도 화가 날 때가 많다. 결국 모든 것은 연결되어 있다는 사실을 자꾸만 지워 버리니까.

그런 의미에서 '개인의 탈주'와 '구조의 변혁' 사이에는 엄청난 간극이 있음에도 우리 부부가 도시를 떠나 '다른 삶'을 살아보고자 선택한 것은 그것이 대안이어서가 아니다. 다만 우리는, 우리의 선택이 '다른 상상력'의 바탕과 토대로 이어지기를 바랄 뿐이다.

어쨌거나 이제 서울을 떠나 고흥으로 이사 온 지 6년째, 세상을 바꿀 순 없어도 적어도 세상이 나를 바꾸진 못하게 하겠다며 서울을 떠났던 호기는 부끄러운 나 자신을 직면할 때마다 조금씩 꺾인다. 그리고 나는 이제, 내가 확신하던 모든 것들 앞에서 늘 멈칫거린다. 아니, 이제는 멈칫거림이 없는 모든 확신들을 의심한다. 흔들리는 것보다는 굳어진 것들이 더 두렵다. 그럼에도 이 한 가지는 분명하게 말할 수 있다. 이 생각이 들 때면 장기하가 능청스럽게 노래하듯이 유쾌하고 통쾌한 기분마저 든다. "나는 별 일 없이 산다. 뭐, 별다른 걱정 없다." "나는 사는 게 재밌다. 하루하루 즐겁다."*

---

* 장기하와 얼굴들, 〈별 일 없이 산다〉 중에서.

'귀농'도 '자발적 가난'도 아닌……

지금 우리 가족이 살고 있는 곳은 전남 고흥. 우리 부부와 두 아들, 네 식구가 서울을 떠나온 지 1년 반쯤 되었다. 아직도 마을 어르신들이 말씀하시면 반도 못 알아들어 몇 번씩 되물어야 하고 장보러 나가면 외지인한테나 씌우는 바가지를 쓰고 오기도 하는, 우리는 영판 서울내기들이다.

우리는 곧잘 '귀농인'으로 분류되곤 하지만, 사실 우리 부부는 그 말을 영 어색해한다. 일찍이 고향을 떠나셨던 부모님 밑에서 자라면서 쭉 서울에서만 살아온 우리에게 애초에 고향이

---

* 이 글은 2013년 여름에 썼다.

란 없었다. 그러니 사는 게 아무리 팍팍해도 단 한 번, 돌아갈
(歸) 곳을 떠올려본 적이 없다. 게다가 우리의 시골살이 결정은
자연친화적인 삶이나 전원생활에 대한 동경 따위완 거리가 멀
다. 어쩌다 한 번 다녀오는 여행이라면 모를까, 우리는 도시생
활의 편리함에 너무나 길들여진 사람들이다. 나나 내 옆지기
나 학교 다닐 때 몇 번 해 봤던 농촌활동을 빼면 풀 한 포기 심
어 본 경험이 없다. 어쩌다 선물받은 화분 하나 제대로 돌보지
못해 곧잘 화초를 죽이곤 하던 우리다. 더구나 나로 말하자면
내가 지금까지 해 본 일 중에 가장 힘들었던 일이 농활이었다.
매번 9박10일 내내 어떤 핑계로 여기서 도망칠까 하는 궁리
를 들키지 않기 위해 모든 에너지를 쏟던 나를 떠올리면 지금
생각해도 우습다. 그런 우리가 농사에 무슨 큰 뜻을 품었을 리
있을까. 그러니 우리에겐 '귀농歸農'이란 말이 참 어색할밖에.

생태주의? 그것도 우리가 시골에 오게 된 이유라긴 어렵다.
아토피 피부염에 비염까지 환경질환을 세트로 앓고 있는 아이
들 덕분에 어설프게나마 생태주의에 관심이 없는 것은 아니었
다. 하지만 그 관심이란 것도 기껏해야 소비자생협에 조합원이
되거나, 대안학교에 다니고 있는 아이들 덕분에 아이들이 학교
에서 배우는 생활철학을 흉내내는 정도였으니 그게 무에 그리
대수였을까. 그런 우리가 딱히 연고도 없는 전남 고흥까지 와
서 살고 있는 건 불과 몇 년 전만 돌이켜봐도 스스로에게조차

참 뜻밖의 일이다.

'소비'로 대체된 생활

시골에 와 살기로 한 우리의 결정은 벼락같이 내려진 편이지만, 그 이유나 과정을 굳이 되짚어보자면 참 멀리도 거슬러 올라간다. 내 나이 스물두 살. 아버지가 사업에 실패하면서 나는 별안간 고학생이 되었고, 동시에 처녀가장이 되었다. 부모와 조모, 아직 어린 세 동생까지, 나말고는 아무도 우리 집에 갑자기 닥친 상황에 적응하지 못했다. 나는 과외, 학원 강사, 피아노 연주, 노래…… 투잡, 쓰리잡을 뛸 때도 있었다. 나는 당장 여기 막으면 저기 터지고 저기 막으면 여기 터지는 상황에 필요한 돈을 벌어야 했기에, 아직 학생 신분이라곤 해도 충분히 내 진로를 고민하고 준비해서 안정적인 일자리를 구할 처지가 아니었다.

내가 그런 일을 하면서 받은 임금은 대기업 대졸 초봉에 비해도 훨씬 높은 편이었고 수입으로만 치자면 꽤 많은 돈을 번 셈이니 그나마 대단히 운이 좋았달까? 하지만 나는 근로계약서가 어떻게 생겼는지도 모르고 일했다. 나는 가끔씩 회식 자리에서 술을 따르지 않는다는 이유로 뺨을 맞았고, 심지어 오빠라고 부르라는 호의(?)를 거절했다는 이유로 건방지다며 술잔을 날려도 호소할 곳이 없었다. 나이, 학번, 군번…… 이런 것들로 만나기만 하면 순식간에 줄 세우기가 가능해지는 남성들과 달리, 여성들이 그 줄에 포함되는 길은 그런 방식으로만 가능하다는 걸 나는 나중에서야 알았다. 해고를 각오하고 고소까지 하긴 애매한 성희롱은 일상다반사였다. 능력이 부족하면 무능해서 잘리고 능력이 뛰어나면 재수가 없다고 잘리기도 했다. 그런 일들은 대부분, 사용자는 해고를 원치 않는데 줄 세우기에 달인인 남성 중간관리자들의 공작으로 이루어졌다. 억울하게 해고를 당해도 '부당해고' 싸움은커녕 내가 '노동자냐, 아니냐'를 놓고 다퉈야 했고, 그런 싸움마저도 바닥이 드러난 통장잔고와 월세보증금 때문에 중도포기해야 할 때가 많았다. 내 연봉이 얼마든 간에, 옆지기의 부양가족이 되기 전까지 4대보험 사각지대에 살았고, 실업급여 한 번 받아 보는 게 소원이었다. 고백건대, 장기투쟁사업장에 연대하러 다닐 때 기나긴 그 투쟁의 처절함과 참혹함에도 불구하고 때때로 노조깃발을 갖고 있는 그들이 나는 부러웠다. 아이들이 생기니 그런 직장생활을 유지하는 것마저 쉽지 않았다. 나는 다양한 직업을 전전했다. 20대 땐 다른 사람보다 빨리 '프로'가 된 줄 알았던 나는 그저 흔하디흔한 미조직 비정규 여성노동자였고 나이를 먹을수록 점점 더 처지가 열악해지는 불안정 노동자였던 것이다.

나와 달리 20년 넘게 한 분야의 일만 해 온 옆지기는 환경공학 분야의 전문기술직이었고, 정규직이었다. 그는 나이와 경력에 걸맞은 직급을 갖고 있었고 노동조합이 없는 회사였어도 그

다지 고용불안에 시달리지 않는 운도 따랐다. 그러나 그것은 그가 자신의 몸과 영혼까지 고스란히 회사에 바친 대가였다. 새벽에 집을 나서 출근하고, 평일엔 매일 야근, 야근 후엔 한밤중까지 술, 주말엔 특근. 이것이 그의 일상이었다. 그의 삶은 20년 넘게 그야말로 '잠-일-술', '잠-일-술'의 반복이었다.* 가족에게 그는 말 그대로 '현금인출기'가 되어 갔다. 그에게 사생활이란 어쩌다 쉬는 휴일에 소파에 누워 텔레비전에서 중계하는 스포츠경기를 보다가 조는 게 전부였다. 이런 우리에게 생활이란 무엇이었을까?

나는 평소 아토피 질환이 있는 아이들에게 유기농산물로 조리한 음식만 먹이고 공장과자 같은 건 못 먹게 야단치곤 한다. 그래 놓고 정작 저녁에 아이들은 라면이나 분식집 김밥을 먹었다. 늘 시간에 쫓겨 쩔쩔매는 삶에 '살림'은 마지못해 하거나, 안 할 수 있으면 안 하는 게 최선인 '잉여노동'에 불과했고, 가사노동의 분담 문제로 자주 다투던 우리 부부는 돈으로 때울 수 있는 건 웬만하면 돈으로 때우면서 불화를 줄였다. 부부간의 대화는 사무처리하듯 했다. 옆지기는 아이들의 자는 얼굴밖에 보지 못했고, 아이들은 휴일에 소파에서 졸고 있는 아빠밖에 보지 못했다. 가족 행사든, 어쩌다 아이들에 대한 배려로 하

---

* 조건준, 《아빠는 현금인출기가 아니야》(매일노동뉴스, 2009)

는 나들이든 우리에겐 또 하나 해치워야 하는 '일'에 불과했다. 나름 진보정당의 당원이면서도 우리에게 '지역'이란 말 그대로 '베드타운'에 불과했고, 우리는 한 아파트에 4년을 살면서도 옆집에 누가 사는지 알지 못했다.

'남들도 다 이렇게 살겠지……' 하는 생각도 별로 위안이 되진 않았고, 우리는 점점 지쳐 갔다. 언제나 피로에 절어 있는 우리는 사소한 일로도 서로 날을 세웠고, 때때로 가족을 앞에 두고 '사는 게 지겹다'는 생각이 떠오를 때마다 흠칫 몸을 떨었다. 없는 시간을 쪼개 모임이라도 몇 개 참여하고, 투쟁 현장에 연대라도 다녀오면 그나마 좀 살 것도 같았다. 그러나 나름 삶의 의미를 찾아보겠다고 없는 시간과 에너지를 더 쪼개서 쓰다 보니 우리의 생활은 그만큼 더 '소비'로 대체되었다.

비정규직 노동자든 정규직 노동자든 우리가 하는 노동이 우리 삶을 황폐하게 만든다는 점에서는 마찬가지였다. 그렇게 우리의 삶 전체가, 우리의 일상 곳곳이, 자본주의 체제가 가장 원하는 방식으로 완전히 조직되었다.

언젠가부터 옆지기는 회사에서 골프를 배우라는 압력을 받기 시작했다. 룸살롱 접대가 한국 사회 비즈니스의 필수이듯, 요즘은 골프가 필수 업무능력 중의 하나인가 보다. 심지어 골프 수업에 관련한 모든 비용은 회사에서 대주기까지 한단다. 골프장 건설 반대 투쟁에 후원금을 보내고 나름 연대도 하던 옆지기는 어느 날인가부터 회사에서 가까운 골프연습장을 알아보기 시작했다. 버틸 수 있는 데까지 버텨 본다고 미적거리긴 했지만 말이다. 우리는 결코 자본주의 체제가 약속하는 장밋빛 미래의 유혹에 속지 않았지만, 살아남으려면 속는 척이라도 해야 한다는 것을 모르지 않았다.

가르치고 싶은 삶과 보여 줄 수 있는 삶은 얼마나 다른가

그러던 어느 날 우연히 작은아이의 공책을 보게 되었다. 거기엔 골프장과 골프 문화에 대한 비판이 한가득 씌어 있었고, 글 말미에는 자기가 다니는 대안학교 학부모들 중에도 골프 치는 사람이 있다는 걸 알게 되어 충격을 받았다고 적혀 있었다. 몇 장을 넘기니 핵발전소의 문제점이 한가득 씌어 있었고, 또 몇 장을 넘기니 에너지와 생태 문제에 대한 주제 연구가 가득했다. 초등대안학교 5학년이었던 아이는 벌써부터 졸업논문의 주제로 '생태문제'를 선택하고 싶다고 했다. 나는 아이의 공책을 옆지기에게 보여 주었다. 그걸 본 옆지기는 망치로 머리를 한 대 맞은 얼굴이 되었다. 그리고 한동안 꽤 심각하게 갈등을 했다.

거의 매일 회사에서 2차까지 술자리를 하고 집에 오는 옆지기는 그날 이후 어김없이 나와 3차를 하자고 했다. 회사 사람들과 2차까지 퍼마시고 와도 옆지기는 대개 만취하지 않았다. 어차피 일의 연장인 술자리가 즐거울 리 없고 스트레스 또한 풀릴 리 없다고 했다. 아침에 출근하려면 바로 잠을 자기에도 늦은 시간에 나하고 3차를 하면서 그나마 스트레스를 푼다고 했다. 그렇게 한동안 잊고 살았던 우리의 대화가 다시 시작되었다. 우리는 우리의 지난 삶을 돌아보게 되었고, 우리의 현재를 낱낱이 대면하게 되었다. '우리는 행복한가?' 따위의 질문은 사치였다. 대신 우리는 '이게 사는 건가?' 묻곤 했다. 이런 의심이 한번 떠오르자 둘 중 누가 먼저랄 것도 없이 끊임없이 질문이 이어졌다. 그래서 질문으로 시작된 대화는 대개 질문으로 끝나곤 했다.

"우린 대체 먹고살기 위해 일하냐? 일하기 위해 먹고사냐?"

"사회 변혁의 주체라고? 지금 이렇게 살고 있는 우리가?"

"이게 임금노예지, 당당한 노동자야?"

"대체, 신성한 노동이 뭔데?"

"핵발전소 새로 짓는 일에 밤낮 없이 몸 바치고 인터넷에선 핵발전소 반대에 서명하는 거?"

"출근 전에 운동할 골프연습장 알아보면서 골프장 반대 투쟁에 후원금 보내는 거?"

"우리 애들만은 자유롭게 자라라며 대안학교에 보내 놓고, 그 엄마라는 작자는 학원에서 열두시까지 남의 애들 잡아놓고 나도 왜 하는지 모르겠는 공부 시키는 거?"

"사람이 사는 데 꼭 필요한 것들은 영혼을 팔아 번 돈으로 사서 때우는 거?"

"그 와중에 시간 나면 놀러 가는 대신 집회 가고, 조중동 대신 한겨레나 경향신문 보면 세상이 바뀌나?"

옆지기는 결국 회사에 골프를 배우지 않겠다고 선언한다. 옆지기의 고백에 따르면 그건 자기 인생에 매우 중대한 갈림길이 었단다. 그 후, 그는 평일엔 전처럼 매일 야근을 했지만 주말엔 여간한 일이 아니고선 출근하지 않았다. 그리고 우리는 같이 궁리하기 시작했다. '돈 좀 안 벌고 사는 방법 없을까?'

돈을 안 벌고, 혹은 적게 벌고 살자니 안 쓰거나 적게 쓰고 사는 길을 찾아야 했다. 우리는 제일 먼저 아파트 생활을 포기했다. 그래도 서울에 살면서 생활비를 아무리 줄여 봐야 한계가 있었다. 다시 궁리가 시작되었다. 우리가 사는 데 정말로 필요한 것이 뭔가부터 생각했다. 그리고 돈 없이 살려면 그것들을 스스로 구하거나 만들어 써야만 가능할 것 같았다. 먹을 것, 입을 것, 살 곳 등 사는 데 정말로 필요한 것들은 우리 스스로 짓고 살아보자, 했다. 그렇게 마음먹고 보니 새삼스러웠다. 사람이 살아가는 데 없으면 안 될 꼭 필요한 것은 대개 '짓는다'고 표현하더라. 농사도 짓고, 밥도 짓고, 옷도 짓고, 집도 짓고…… '그래, 일단 시골로 가자. 돈을 적게 벌고 살려면 뭐든 짓고 살아야 하고 그러려면 시골로 가는 수밖에 없다.' 이게 우리가 서울에서 시골로 삶의 자리를 옮기게 된 이유의 전부다.

뾰족한 대책 같은 건 없었다. 별로 가진 것 없이 먼저 시골로 가 살고 있던 지인들이 '아직도 살고 있더라'는 사실말고는. 그런 지인들에게 물으니, 도시에 살 때 살던 대로 살 게 아니라 정말로 먹고살 만큼의 생활비가 필요하다면 시골에도 일은 많다고 했다. 젊은이가 적은 시골에서 40대면 청춘이라서 더더욱 그렇다고. 불안한 마음이 전혀 없었다면 거짓말일 것이다. 우리는 이런 이야기를 나누며 불안을 달랬다.

"어쨌거나 이렇게나 중대한 인생의 전환점에서 어쩌면 우린 이렇게 아무 대책이 없을 수가 있지?"

"대책? 준비? 사실 가장 중요한 대책과 준비는 우리가 정말로 '간다!'는 거 아닐까?"

"맞아, 평생 준비만 하는 사람, 많이 봤잖아. 가서 부딪쳐 보는 거지 뭐."

"그래, 맞아. 한 살이라도 더 젊을 때, 몸을 움직여서 살기엔 아직 힘이 있을 때 가는 게 최상의 대책이고 준비일 거야."

"그렇지? 부부가 뜻이 안 맞아 못 가는 경우도 많다는데, 우리 둘이 뜻이 맞은 것만 해도 어디야?"

여기까지는 어렵지 않게 합의했지만 마지막 갈등이 남아 있었다. 대안학교에 다니는 아이들의 학비가 문제였다. 사교육을 전혀 시키지 않았으니 아이들을 위해 쓰는 전체 교육비를 따진다면 일반학교에 다니면서 웬만큼 사교육을 받고 있는 아이들의 경우와 큰 차이는 없을 거다. 그렇지만 어쨌거나 대안학교의 학비는 공교육에 비하면 꽤 비싼 편이다. 그것도 우리 아이들이 다니던 비인가 대안학교의 경우엔 더 그랬다. 마침 그때쯤 큰아이는 중학교 졸업을, 작은아이는 초등학교 졸업을 막 앞두고 있었다. 작은아이는 중학교도 대안학교로 진학하길 원했기 때문에 우리는 꽤 지난한 갈등을 했다.

그리고 마침내 결론을 내렸다. 우리가 아이들에게 가르치고 싶은 삶과 우리가 보여 줄 수 있는 삶은 얼마나 다른가? 우리는 아이들의 선택을 조금이라도 자유롭게 해 줄 수 있는 부모가 되진 못해도, 아이들에게 부끄럽지 않은 부모가 되기로 했다.

그 다음부터는 속전속결. 우리는 일단 직장에 사표를 던지는 디데이(D-day)부터 정했다. 시간도 별로 없고 게으르기도 해서 새로 정착할 지역을 몇 군데 다녀 보지도 않고 정했다. 고흥은 언젠가 여행하면서 마음에 들어 했던 곳이다. 지인의 몇 다리를 건너, 우리 터를 잡기까지 임시로 살 집을 구했다.

첫 걸음마를 뗀 아가들처럼

결국 우리는 직장을 '해고'했고, 아이들은 학교를 '해고'했다. 옆지기는 막상 사표를 던지고 나니 후련하기보다는 매우 심란한 것 같았다. 잘린 것도 아니고 스스로 자기 인생에서 회사를 잘라 놓고도 세상에서 밀려나는 기분이 든다고 했다. 나도 마찬가지였다. '비정규직 철폐'를 외치며 죽어 간 사람은 대체 몇 명이고, '해고는 살인이다'를 외치며 죽어 간 사람은 대체 몇 명인가? 몇 백 일, 몇 천 일씩 싸우고 있는 사업장과 노동자는 얼마며, 그 싸움들은 또 얼마나 처절한가? 가끔 인터넷에 접속해 세상 소식을 읽다 보면 마치 이 치열한 전장과 동지들을 버리고 나 홀로 도망치는 기분이 들곤 했다. 그래서 몇 시간 동안 멍하니 모니터를 보면서도 덧글 하나 달지 못하고 자기검열만 하다가 접속을 끊기도 했다.

그러나 세상 어디로 간들 해방구가 있을 것이며, 길은 어디서든 이어질 테니 우리는 또 어떤 싸움터에서든 다시 만나게 되지 않겠는가? 곳곳에서 벌어지고 있는 국지전과 상징적인 싸움의 승패와 무관하게 이미 통째로 먹혀 버린 우리의 일상을 복원하는 일이 차라리 전면전의 시작은 아닐까? 더이상 도무지 자랑스러울 수 없는 우리 노동의 본래 가치를 되찾으려는 시도가 오히려 우리 모두의 희망이 될 순 없을까?

그런 의미에서 나는 우리의 선택에 자주 딱지붙는 '자발적 가난'이라는 말이 불편하다. 그 말에선 어딘가 도덕적인 냄새가 풍긴다. '좌파에게 요구되는 덕목이 금욕이란 말인가?' 싶을 만큼. 나는 가난을, 그것도 자발적으로, 선택씩이나 한 적이 없다. 좌파라는 이유로 나는 내 욕망을 억압한 적도 없다. 나는 좌파로서, 다만 '다른' 것을 욕망할 뿐이다. 성찰하지 않는 욕망은 때때로 추악하지만, 욕망에 정직하지 않은 것 역시 역겹지 않은가? 욕망이란 억압한다고 억압되는 성질의 것이 아니니 말이다. 자본주의 사회가 우리에게 부여한 덧없는 정체성들과 또한 매순간 강요하고 있는 무수한 욕망으로부터 나 자신의 정직한 욕망을 투명하게 분별해낼 줄 아는 능력을 일컬어 우리는 '계급적 각성'이라고 부르고, 우리는 우리의 욕망에 충실한 삶을 위해 조금은 용기를 냈을 뿐이다.

어쨌거나 우리는 그렇게 서울을 떠나와 '지금! 여기!'에 살고 있다. 시골살이에 대해 아는 것도 없고, 할 줄 아는 건 더욱 없는 주제에 귀농학교 한 번 기웃거리지 않고 연습도 대책도 없이 시골에 온 우리는 다행히 운이 좋았다. 좋은 이웃들도 만났고, 우리가 내내 등대삼고 살 선배도 몇 분 만났다. 우리는 날마다 새로운 것들에 신기해하고 날마다 새로 배우는 것들을 서툴고 느리게 익힌다.

철따라 산과 들에서 나물을 뜯는다. 물이 들고나는 때를 기다려 미역이며 톳이며 모자반이며 해초를 뜯는다. 철따라 홍합을 건져올리고 굴을 따고 바지락을 캐고 소라를 줍고 키조개를 캔다. 지인들 밭에서 유자를 따고, 딸기를 따고, 토마토를 따 얻어온다. 농번기에 일손이 부족한 선배들의 일을 도우면서 농사일을 배운다. 농번기 한창 바쁠 때나 좀 도왔다고 마늘, 참깨, 콩 등 1년 먹을거리들을 나눠주신다. 다섯 평 남짓한 텃밭에 열

다섯 가지 작물을 심어 이웃들과 나눠먹기도 한다. 나는 생전 처음 직접 채취하거나 밭에서 거둔 농산물들을 갈무리해 장아찌도 담그고 젓갈도 담가 저장한다. 생전 처음 보는 식재료들로 생전 처음 해 보는 음식들을, 마을 어른들께 여쭙고 인터넷을 뒤져 가며 요리한다. 봄부터 가을까지 부지런히 움직여 먹을 것이 귀한 겨울을 대비한다. 나는 식구들의 옷을 짓고, 옆지기는 우리 터를 구하면 우리 손으로 지을 집을 설계하고 집짓기 공부를 한다. 올해부턴 이웃에서 내 주신 세 마지기 논에 벼농사를 짓기 시작한다. 남들 안 하는 손모 심기를 하겠다 하고, 토박이 선배의 기억을 따라 이 지역에서 손모 심던 시절 하던 대로 못밥을 내겠다 한다. 우리 집 모내기 날 대접할 막걸리를 생전 처음 빚어 놓고, 나는 지금 술 익는 소리를 들으면서 이 글을 쓰고 있다. 뽀골뽀골, 토독토독. 가끔 항아리에 귀기울여 듣고 있자면 "걱정 말아요. 이렇게 잘 익고 있어요."라고 속삭이는 소리 같다.

돈 안 되는 이런 노동은 우리가 지금까지 해 왔던 노동과 어떻게 다른가? 이 노동은 왜, 언제부터, 대체 누구를 위해, 어쩔 수 없이 하거나 해도 그만이고 안 하면 더 좋은 부차적인 노동이 되었나? 서울에서 노동하며 떠올렸던 질문들에, 우리는 이제 '다른 노동'으로 답하며 살게 될 것이다. 또한 우리의 '몸'으로 삶과 노동에 관한 또다른 질문들을 떠올리며 살게 될 것이다. 마흔셋·마흔일곱에 우리는 이렇게 생의 대전환을 했고, 첫 걸음마를 뗀 아가들처럼 뒤뚱거리며 지금도 여전히 성장중이다.

얼마 전, 아주 오랜만에 연락이 닿은 선배가 내 근황을 전해 듣고는 물으셨다. 행복하냐고. 나는 망설임 없이 대답했다. 적어도 서울에 살 때보다는 훨씬 더 행복하다고.

이 철부지들아

여기는 전남 고흥, 삼면이 바다로 둘러싸인 한반도 남단. 스물다섯 가구가 모여 사는 작은 마을. 4킬로미터 남짓 가면 가장 가까운 바다가 있고, 창문을 열면 겨울에도 푸르른 마늘밭과 논으로 펼쳐진 들판을 건너 팔영산이 가까이 보이는 집. 지금 우리가 살고 있는 곳이다.

보통은 귀농을 결심하면 살 지역을 정하기 위해 전국 방방곡곡을 돌아다닌다는데 우리는 고흥말고는 가본 데가 없다. 언젠가 친구들과 여행 다니다가 "여기 사는 건 어때?" "좋네." 했던

---

* 이 글은 2013년 가을에 썼다.

곳. 덜컥 회사부터 그만두고 서울살이를 정리하자니 시간도 없고 게으르기도 했다. 바다가 있어 먹을 것이 푸진 곳, 사람들에게 많이 알려지지 않은 곳이라는 점만으로도 고흥으로 올 이유는 충분했다. 서울에서 꽤 멀다는 점도 마음에 들었다. 귀농했지만 뜻대로 적응하지 못하고 도시로 돌아오거나, 그러지는 않더라도 서울을 상대로 일을 도모하느라 시골에 살면서도 시골 사람이 되지 못하는 경우를 봤기 때문이다. 우리는 일단, 배수진을 친 셈이다.

살 집을 구하는 일이 처음엔 참 막막했다. 부동산 매물을 찾으려면 생활정보지만 펼쳐도 되고 한 집 건너 부동산중개소가 있는 도시와 달리, 시골에서 부동산 임대나 매매는 사람들의 알음알음을 통해야만 한다. 지인의 몇 다리를 건넌 지인들의 도움으로 우리는 집을 보러 다녔다. 집을 보러 고흥에 처음 왔을 때 가장 당혹스러웠던 건 뜻밖에도 '어둠'이었다. 차 한 대도 없는, 끝이 없을 것만 같은 어둠 속을 달려 우리는 고흥에 도착했었다. "아, 밤은 원래 깜깜한 거였지." 하면서도 가슴에 번지던 그 막막함이라니.

네 식구가 살기엔 너무 좁거나 오래 비워 둬 귀신이 나올 것만 같은 집, 당장 사람이 살기엔 수리비가 너무 많이 들 집 등을 돌아보며 심란해할 즈음 우리는 지금 살고 있는 집을 소개받았다. 집을 보여 줄 땐 당장이라도 내줄 것 같았던 주인아줌마가 막상 그 집으로 결정했다고 전화를 드리니 얘기가 달라진다. "일단, 무조건 이 집 소개해 줬다는 '김부일'이라는 사람을 만나고 오셔." 무슨 영문인가 불안하지만 일단 시키는 대로 할 수밖에. 김샘을 만나 두어 시간 이런저런 얘기를 나눴다. 왜 시골에 오게 됐는지, 와서 어떻게 살고 싶은지, 우리가 얼마나 시골살이에 대해 반푼이들인지 등등. 한참 이야기를 나누고 있으니 집주인 내외가 오신다. "워뗘? 집 쳐두 될랑가?" 집주인아줌마가 김샘께 묻고, 김샘은 "내 쳐 봐." 하신다. '아, 이게 면접이었구나. 어라? 그럼 합격인가 보네? 휴우~.'

너무 오래 노예로 살았던가

나중에 알고 보니 사연은 이렇다. 이 지역에서 전설적인 농민운동가라 불리는 집주인아저씨는 관행농으로 논 2만여 평, 밭 5천여 평 농사짓고, 소도 백여 마리 키우는 분이다. 나름 저농약을 고집하고 있지만 생태적인 소농과는 거리가 멀다고 본인 스스로 말씀하신다. 한편 우리의 면접관이었던 김샘은 고흥에선 유기농업의 선구자라 불리는 분. 매일매일 거듭나는 일상이 혁명이라고 말씀하시는 생태주의자이기도 하다. 두 분은 농민운동을 함께 했던 절친인데, 귀농자의 싹수를 알아보기 위해 집주인 내외분이 김샘을 면접관으로 세우셨던 셈. 평생 등대삼고 살 김샘을 우리는 이렇게 처음 만났다.

김샘의 합격 사인이 떨어지자 내가 조심스럽게 여쭙는다. "저, 임대료는 어떻게 드려야 할까요?" 그랬더니 주인아줌마 시원하게 대답하신다. "워쪄? 돈 많으면 한 1억쯤 줄라요?" 주인아저씨랑 김샘이 껄껄 웃으신다. 우리는 무상으로 집을 임차한 거다. 우리가 얼떨떨해하고 있는 사이, 막상 당사자인 우리는 제치고 집주인 내외분 의논이 바쁘시다. "시골 와서 산다는데 워쪄케 달랑 집만 준당가?" "그려, 식구 먹을 건 부쳐먹어야제. 워면 땅을 줘야 할랑가?" 어리벙벙한 채 앉아 있던 우리는 반색을 할 상황이다. '와, 우리 땅도 생기나 봐.'

이어지는 집주인아줌마 말씀. "초보니께 걍 집 앞의 밭을 줘. 그래두 가까워야 자주 들여다보지 않겠어?" 그런데 아저씨가 펄쩍 뛰신다. '어? 아저씬 우리가 마음에 안 드셨나?' 내심 쫄아 있는데 아저씨 하시는 말씀. "이 집은 아무래도 농약 안 치고 이것저것 심어 백화점 맹글어놓을 거 아니겠어? 집 앞 밭은 동네사람들 다 지나다니면서 잔소리 해싸서 못 한당께. 풀 뽑아라, 농약 쳐라 간섭해싸믄 골치아퍼부러. 좀 심들어도 동네사람 눈에 안 띄는 곳이 낫제." 속 깊게 우리 생각을 해 주시는 집주인 내외에게 감동하고 있는데, 허걱~ 이 동네 밭은 한 단지에 700평 이하가 없단다. 결국 우리에게 내 주신다는 밭도 700평 짜리. 우리 얼굴이 하얘지는 것을 보고 김샘이 한마디 거드신다. "워디 100평쯤 되는 밭이나 있음 찾아봐. 지금 700평 줘 봐야 간수 못 할 거니께." "얼래? 이 동네에 그런 밭이 워딨댜?" 결국 우리는 주시겠다는 밭도 엄두가 안 나 못 받고, 마당 귀퉁이를 밭으로 일궈 다섯 평 남짓한 텃밭을 만들게 된다.

그렇게 우리가 이사한 때는 겨울 막바지였다. 남도는 겨울이어도 들판이 파랗고, 일찍 피는 꽃들이 많다. 아침이면, 오늘도 쫓겨야 할 일정을 알리는 알람이나 자동차 경적소리 같은 소음 대신에 우리를 깨우는 것들이 달라졌다. 동쪽으로 난 창에서 얼굴을 간지럽히는 햇살, 그리고 참새, 까치, 까마귀들의 합창. 네 식구가 다같이 수다를 떨면서 아침을 먹고, 여유있게 차도 한 잔씩 마신 뒤 시작하는 하루. '그래, 우리가 원한 건 바로 이거였어!' 싶은 아침이다.

알람 소리에 간신히 일어나고, 아이 아침 먹는 동안 나는 허겁지겁 씻고, 내 아침은 당연히 굶고, 빈 속으로 하루종일 헉헉대며 일에 쫓기고, 점심시간에서야 조미료 듬뿍 들어간 식당밥으로 첫 끼니를 '때우고', 늦은 밤까지 또다시 돌아치고, 피곤할 때마다 인스턴트 커피는 보약 마시듯 마시고, 운 좋으면 식당밥으로 운 나쁘면 술자리 안주로 저녁도 또 한 끼 '때우고', 어쩌다 약속이 없는 주말에서야 밀린 빨래를 세탁기에 넣어 '해치우고', (빨래 갤 시간? 당연히 없다) 빨래는 걍 필요할 때마다 건조대에서 걸어 입고, 도저히 머리카락이나 먼지가 거슬려서 못 봐주겠을 때에야 간신히 청소기나 돌려 눈 가리고 아웅 하고, 어쩌다 집에 손님이 오기로 했거나 계절이 바뀔 때에야 연중행사 하듯 쓸고 닦고 온 집안을 뒤집어 한바탕 대청소를 하는…… 아, 이런 생활은 이제 끝난 거다.

시골에서 보낸 첫 겨울, 아침부터 오후까지는 함께 또는 각자 이런저런 일들을 했다. 네 식구가 온종일 집에서 세 끼 밥을 먹으니 한 달에 쌀 40킬로그램을 먹는 우리집은 밥살림 일만도 적지 않다. 이사 뒤끝이니 주로 수리한다, 정리한다, 수납장을 만든다 등등의 집살림 일이 많았고, 아이들이 하루가 다르게 크니 나는 겨우내 식구들 옷도 지었다. 시골에 살면 뭐부터 해야 하냐고 만날 때마다 여쭈니 김샘은 걱정할 것 없다는 듯 손사래를 치신다. "도시사람들은 몽땅 철부지들이여. 자네들도 그동안 도시에서 철이라곤 모르고 살았을 텡께, 올해는 그저 철이나 배워. 급할 것 하나투 읎어."

우리는 해가 질 무렵이면 어김없이 일과를 마친다. 내일로 미룬다고 큰일날 것도 없고, 마감시간 정해 독촉하는 이도 없다. 뉘엿뉘엿 해가 서쪽으로 넘어가는 것을 보면서 보통 두 사람이 빨래를 걷고 개면 다른 두 사람은 저녁식사를 준비한다. 그러곤 그냥 쉰다. 책을 읽거나 인터넷을 하거나 저녁 먹은 자리에서 그냥 수다를 떨거나…… 그렇게 쉬다 보면 어느새 사위는 아주 깜깜해진다. 마당에 쏟아지는 별빛은 길가의 가로등보다 환하다. 텔레비전을 없앤 지는 이미 오래됐으니 밤이 길어질 일은 별로 없다. 우리집말고 온통 세상이 깜깜해진 느낌이 들기 시작하면 우리는 번갈아 씻고 잠자리에 든다. 보통 열시에서 열한시 사이쯤이다.

드디어 해가 뜨면 일어나서 일하고, 해질 무렵이면 쉬고, 밤이 되면 자는 생활이 시작된 거다. 대체 누가 나에게 태생이 올빼미족이라 했던가? 30년 야행성도 불과 한 달 만에 일찍 자고 일찍 일어나는 착한 어린이(?)가 될 수 있는 것이었다. 어쨌거나, 이렇게 간단하고 단순한 일을 40년 넘도록 못 하고 살았던가. 이렇게 별 것 아닌, 사람이라면 마땅히 누려야 할 단순한 삶을 위해서 우리는 직장을 떠나고, 학교를 떠나고, 도시를 떠나야 했나, 싶다. 실내온도 16~17도에 보일러를 맞춰 놓은 추운 집에서 볕이 들고남에 따라 몸에 전해지는 온기가 다른 것을 느끼고 몸을 웅크렸다 폈다 하는 것조차 낭만적으로 느껴질 만큼 우리는 시골로 이사 온 게 참 좋았다. 그런데…….

우리집은 남자건 여자건 어른이건 아이건 능력에 따라 살림을 같이 하는데도 하루종일 일이 많았다. "네 식구가 다 백수인데 우리는 왜 맨날 바쁜 거야?" 하고 투덜거리게 되는 날이 점점 늘었다. 그런데도 어쩐지 우리는 해야 할 일을 미뤄 둔 사람처럼 늘 불안했다. '네 식구가 직접 집을 짓기로 했으니 빨리 터를 잡아야 하는데……' '최소한 우리 식구 먹을 건 농사를 지어야 하는데 터도 못 잡았으니 언제 시작할 수 있을까?' 딱히 오늘 안 하면 안 되는 일도 없는데 부지런히 몸을 놀리는 서로를 보며 어느 날 문득, 아직 집을 짓는 것도 아니고 농사도 없는데 대체 우린 왜 이렇게 일이 많지, 싶었다. 날이 밝기도 전에 일어나서 일하는 시골사람들에게 책잡히고 싶지 않은 마음도 있었고 달라진 생활에 리듬을 만들어야 한다는 생각도 있었지만, 아뿔싸, 우리는 아무 일도 안 하고 가만히 노는 것에 익숙하지 않았던 것이다. 게으르게 살자고 시골에 온 인간들이 게으른 게 무서워 저도 모르게 일을 만들어 하고 있는 꼴이라니. 참, 너무 오래 노예로 살았던가, 싶다.

뭘 사먹을래도 제철을 알아야 싸게 사먹지

시골엔 으레 5일장이 선다. 읍내와 몇 개의 큰 면단위에 서는데 날짜가 다 다르다. 읍내 장이 아무래도 가장 클 테니 장날을 기다려 읍내에 나갔다. 시골에 온 재미에 장 구경만 한 게 있으랴 싶어 잔뜩 기대를 하고 가지 않았겠나. 이 추운 날 예쁘게 차려입고 온종일 서서 90도로 인사하는 안내노동자가 없어 좋겠다, 싶었다. 그런데 어째 장날 풍경이 여느 재래시장이랑 별로 다르지가 않다. 시식코너야 없는 게 당연해도 장날 재미로 이것저것 주전부리할 기대에 부풀었는데 그런 노점도 없다. 시골로 여행 가면 장날 구경을 최고로 쳤고, 노점에 앉아 수수부꾸미에 막국수에 그 지역 특유의 주전부리를 하는 재미가 짭

짤했는데 이게 어찌된 일인가?

게다가 우리집 냉장고는 텅텅 비었는데 마땅히 살 게 없는 거다. 기본적인 식재료라도 사려고 이리저리 둘러봐도 죄다 마땅하질 않다. 뭐가 뭔지 모르겠는 것들을 좌판에 놓고 파시는 할머니들이 계시지만 별로 구미가 당기진 않는다. 도라지를 까서 파는 할머니가 계시길래 직접 캐오셨나 싶어 다가갔더니 좌판 옆 상자엔 버섯이 중국산이라고 씌어 있다. 결국 잔뜩 실망한 얼굴로 몇 가지 찬거리를 사갖고 집에 돌아왔는데, 기껏 시골 장날에 나가 사온 게 감자 몇 알, 마늘 몇 쪽이라니. 뿐만 아니라 집에 와서 다듬다 보니 사온 감자는 반이나 썩어 있고 마늘은 시퍼런 싹이 나서 잘 다져지지도 않는다.

그뿐이 아니다. 집에서 막 입는 추리닝 바람에 장에 갔건만 얼굴에 '외지인'이라고 써 있기라도 한 건지······. 바가지인 게 틀림없어 보이는데 여기저기 다녀 봐야 대체 정확한 가격이 얼마인지 알 수조차 없다. 심지어 면단위에서 유일한 유리 가게에서 깨진 식탁유리를 새로 맞추려니 서울에서 맞추던 값 두 배를 부른다. 마른 멸치고, 새우고, 양념처럼 떨어뜨리지 않고 쓰는 식재료건만 도무지 비싸서 살 수가 없다. 두부 한 모, 콩나물 천 원어치를 사려면 왕복 16킬로미터를 차 타고 나가야 하는 동네에서 장날을 기다려 나가도 이 모양이면 어쩌란 말이냐? 결국 읍내에 몇 집 걸러 하나씩 있는 무슨 마트, 무슨 마트······. 결국

이 시골구석까지 일부러 살러 와서 재래시장이 아니라 마트에 가서 장을 봐야 한단 말이냐? 답답하기 짝이 없다.

그 장날은 그 밖에도 내 마음에 오래도록 복잡한 심사를 남긴다. 어쩌다 여행하며 구경하러 시골 장에 갔을 땐 몰랐는데 막상 장을 보려고 시장을 다니다 보니 나는 쩔쩔매고 있는 나를 봐야 했다. 물건을 사려고 가까이 다가가면 우선 비닐봉지부터 들이미는 할머니들. 살 건지 말 건지 물건을 제대로 보지도 못했는데 봉지에 담기부터 시작하면 안 산다고 돌아서기가 어려운 거다. 추운 날씨에 다 팔아 봐야 몇 푼이나 될까 싶은 물건들을 팔자고 쪼그리고 앉아 있는 할머니들 앞에 소비자로서의 당당한 내 권리는 절로 짜부라졌다. 싱싱한 걸 고르려 들었다 놓았다 하기는커녕 가까이 다가가 살펴보기도 부담스러운 상황. 어떤 때는 심지어 화가 나기도 했다. '내 돈 주고 물건 사면서 나는 왜 이토록 이 눈치 저 눈치를 봐야 하나?' 사람들이 왜 재래시장이 아니라 마트를 선호하는지 이제야 알 것 같았다.

마트는 단지 시설이 번듯하고 장보기에 편리한 곳만이 아니었던 것이다. 내가 누구든 마트에서 나는 '고객님'이었고, 판매 노동자가 누구든 나는 크게 신경쓸 일이 없었던 것이다. 장날 읍내 시장에서 나는 이 지역에 낯설어하는 못 보던 서울 말씨의 아줌마일 뿐이고, 물건을 파는 상인들은 내게 더이상 유령이 아니라 '도라지 파는 쪽진 할머니', '감자 파는 키 큰 아줌마'

였던 것이다. 판매와 소비에서 사라져 버렸던 '관계'가 갑작스레 내 장보기에 끼여들었고, 나는 그게 불편해서 장에서 도망치고 싶은 기분마저 들었다. 지금은 우리가 거두는 것도 꽤 있고, 농민이면 농민, 어민이면 어민 가릴 것 없이 지인들이 생겨 직거래를 하니 장에 갈 일도 거의 없지만, 가끔 가는 장에도 단골집이 생겨 '어머니', '형님' 하며 스스럼없이 지내고 덤까지 듬뿍 받아오는 걸 보면 그동안 나도 참 많이 변했지, 싶다.

어쨌거나 돈 좀 덜 쓰고 살아 보겠다고 시골에 왔건만……. 도시가스 대신 기름을 때야 하는 보일러 난방비는 실내온도를 아무리 낮추고 살아도 서울 살 때보다 훨씬 더 들고, 한 시간에 한 번씩 읍내 나가는 버스가 있어 역세권이라 농담하는 우리 마을에서도 차 시간 맞춰 일 다니긴 너무 어려우니 자동차 기름값도 장난 아니고, 장날 나가 봐야 싼 것도 없고, 기대했던 먹을 것도 별로 없고, 결국 마트에 가서 서울로 올라갔다 도로 내려온 식재료나 사야 하다니, 대체 서울 살 때보다 좋은 게 뭐야? 조금씩 불안해지던 우리.

그러던 어느 날 여기 와서 알고 지내는 언니들에게 이런 하소연을 했다. 그랬더니 어이가 없다는 표정이 되는 언니들. "이 겨울에 장에 가 봐야 살 게 없는 게 당연하지." "그러게, 누가 이 겨울에 부러 장엘 가?" 허걱~! 그럼 대체 여기 사람들은 겨울엔 뭘 먹고 산단 말인가? 언니들은 정말 초짜는 초짜네, 하는 얼굴로 키득키득 웃는다. 겨울이면 마늘은 당연히 싹이 날 때란다. 하지감자라는 말도 못 들어 봤냐며 감자는 당연히 여름에나 먹는 거란다. 그러니 겨울엔 진즉에 말려둔 묵나물, 미리 만들어 둔 장아찌나 해조류를 먹는 철이란다. 다행히 바다가 있는 고장이라 복받은 거라고. 홍합, 굴, 파래, 미역, 톳, 몰……. 여기선 그런 해조류가 흔한 계절이 바로 겨울이란다. 그제야 집집마다 시래기가 걸려 있던 게 생각나고, 시장에서 듣도보도 못 했던 것들만 봤던 게 생각난다. '그게 몰이었나? 근데 몰이 뭐지?' 눈앞에 갖다 줘도 뭐가 뭔지 모르는 것들을 무수히 만나게 될 줄 아직은 알 리 없을 때였다.

겨우내 언니들은 만날 때마다 반찬을 나눠주며 걱정 말란다. 아무리 시골이 예전과 달라도 이제 곧 산이며 들에서 나물 뜯어 먹고, 개울에서 우렁이며 다슬기며 잡아다 먹고, 마당에서 채소 따 먹고, 그럴 시간 없음 장에 가도 싸게 사먹을 것 천지인 봄이 온단다. "자급농사 지을 거라면서 뭘 심고 거두기는커녕 뭘 사먹을래도 제철을 알아야 싸게 사먹지." 하는 언니들. 그제야 다시 한 번 김샘 말씀이 생각난다. 아무것도 조급해하지 말고 올해는 그저 '철'들 생각이나 하라시던. 대체 철을 아는 삶이란 어떤 것일까? 한겨울에 딸기나 포도는 좀 어색했어도 사시사철 감자가 없는 건 상상해 보지 않았던 삶과 어떻게 다를 것인가?

철들려면 아직 멀었다

그때는 이웃집 아줌마가 밭에서 냉이를 뜯어 줘도 "이게 냉이예요?" 했다. 냉이라니까 냉이인 줄은 알겠는데 밭에서 막 뜯은 건 왜 마트에서 사먹던 것과 다르게 생겼냐고요. 마당에 저절로 자란 갓이 지천이어도 "이건 뭔데 여기 이렇게 많지?" 했다. 주인집아줌마는 갖다 줄 시간은 없다면서 자기네 비닐하우스에서 배추고 걸려 있는 시래기고 맘대로 갖다 먹으라시는데 그 밭에 가면 배추도 어떤 걸 갖다 먹으라는 건지 당최 알 수가 없다. 어떤 배추는 자연사한 듯이 널부러져 있고, 어떤 배추는 이제 막 올라온 듯 파랗기만 하고. 우리집 마당에 심어진 무조차 한참 잎을 헤쳐 보고야 무인 줄 알았으니……. 텃밭에 처음 생강을 심어 놓고, 어느 게 풀이고 어느 게 싹인지 몰라 김매기를 못 한다. 한참 지나 김샘한테 봐 달라 했더니, 풀이 먼저 크게 자라 생강은 이미 다 죽었단다. 올봄엔 마당 풀을 뽑다 생각지도 못한 달래를 잔뜩 캤다. 이게 올봄에 우리집 마당에 새로 생겼을 리가 없으니 작년 봄엔 달래조차 풀이라고 예쁘게 매주신 거다.

시골에 온 지 햇수로 2년째라고, 지금은 우리도 먹을 거 살 일은 거의 없다. 쑥이나 머위 같은 건 마당에만 나가도 지천인데, 심지 않아도 온갖 곳에 먹을 게 널려 있다. 김샘을 따라다니며 나물 캐러 산이나 들에도 가고, 바지락을 캐거나 해초를 따러 바다에도 가고, 때로는 김샘 배를 타고 조금은 먼 갯벌에 나가 소라도 줍고 굴도 딴다. 봄부터 가을까지 그렇게 얻은 먹거리를 말리거나 얼리거나 장아찌 담가 놓으니 올겨울엔 우리도 먹을 것 풍성하고 작년 겨울 장에 가서 실망했던 생각에 웃음이 난다. 올겨울엔 굴을 얼마나 먹었는지, 평생 먹은 굴보다 더 많이 먹고도 진석화젓을 담갔다.

엄나무순, 가시오가피순, 산초, 비비추, 바디나물, 다래순, 잔대, 엉겅퀴, 두릅, 방아잎, 골담초꽃, 뽀리뱅이, 별꽃나물…….생전 처음 보는 이런 걸 뜯어다 요리법 찾아 가며 무쳐먹고, 장아찌 담가먹다 보면 대체 서울에선 이맘때쯤 뭘 먹고 살았는지 도무지 기억이 나질 않는다. 지금은 사먹을 일조차 거의 없으니 제철 아닌 음식을 먹을 일도 거의 없지만, 서울에 살 땐 제철 음식 먹을 일이 거의 없었을 뿐 아니라 얼마나 단조롭게 먹고 살았던 건지. 나름 생활협동조합 조합원이었고, 바쁜 와중에 철따라 매실 효소, 오미자 효소 담가 가며 살림 좀 한다는 소릴 듣던 나인데도 시골 출신들이랑 얘기를 나누다 보면 어느새 백치가 된 것 같은 기분이 들 때가 있다.

아직 제 농사가 거의 없어도 먹고 살기로 치면 더없이 잘 먹고 잘 살고 있지만, 그래봤자 우린 철들려면 아직 멀었다. 여전히 김샘이 가르쳐 주시지 않으면 알아보지 못하는 게 더 많고, 이미 캐다 먹어 본 것도 두 번째 가면 못 알아본다. 3월에 산에 가서 보고 뜯어온 것도 4월에 가면 잎이 활짝 피어 같은 건 줄 모른다. 꽃 피었을 땐 아는 나무도 꽃 지고 나면 모르는 나무가 된다. 2년째 김샘의 친절한 설명을 들으며 따라다녀도 우리는 여전히 체험학습 수준이다. 채취해 온 걸 집에 와 펼쳐 놓고 사진도 찍고, 백과사전도 찾아 기록해 두고, 요리법도 찾아 가며 해먹는다. 시골에 온 후 우리에겐 먹는 일이 몽땅 공부다. 그렇게 복습을 하는데도 막상 찍은 사진과 설명 달아 놓은 것을 김샘이 보시고는 "사진이랑 이름이 바뀌었네." 하실 때도 있다. 여러 가지를 한꺼번에 채취해 온 날은 집에 오면 이름이 기억나질 않아 김샘께 전화해서 다시 여쭙기도 해야 한다.

그래, 처음 여기 와서 하루해가 뜨고 하루해가 지는 게 마냥 신기했었지. 서울 살 때야 언제 해 뜨는 거 보고 다닐 새가 있었을까. 해 뜨는 거 본다면 멀리 일출이나 보러 가는 줄 알았지. 낮이고 밤이고 할 일은 많고 야근에 술자리에 집에 들어오는 시간 자체가 한밤중인 데다 자려고 누워도 온 동네가 환하고 시끄러운데 밤이 원래 이렇게 깜깜한 줄 내가 알았겠냐고요. 그런데 해는 정말로 매일 아침 동쪽에서 떠서 서쪽으로 지더라니~.

이제는 해가 길어지고 짧아짐에 따라 '철'을 배울 차례구나. 2월의 흙과 3월의 흙은 어떻게 다른지, 3월에 먹을 것과 4월에 먹을 것은 어떻게 다른지, 언제 씨를 뿌리고 언제 거두는지, 철따라 할 일이 다르고 철따라 먹을 것이 다르니 음식은 때를 기다려 심고 거두고 만들고 먹는 것. 시도 때도 없이 내놓으라고 악다구니 쓰지 않아도 철이 되면 자연은 이렇게 저렇게 먹을 것을 내놓아 주더라. 보란 듯이 회사를 해고하고 자본주의를 넘어서 보겠다고? 이 철부지들아, 철이나 좀 들자, 철~!!

이 집은 먹는 거 하난 황제급이라니깐~

시골에 와 살면서부터 나는 거의 매일 SNS에 그날의 밥살림 일기를 쓴다. 그건 대개 내 공부용이다. 우선, 시골에 와서 생전 처음 먹어 보는 것은 물론 듣도 보도 못한 음식들이 하도 많으니 이름조차 금방 잊어버리는 게 너무 많다. 서울에서 먹던 음식이라도 여기에서 채취하거나 키웠을 때, 시장에서 사온 것과는 손질법이 다른 것도 아주 많다. 바다가 있는 남도에서 나는 음식들이 다른 지역에서 나는 음식들과 다르니, 같은 음식이라도 다른 식재료를 쓰기도 하고, 조리법이 다

* 이 글은 2013년 말에 썼다.

른 것도 아주 많다. 그러다 보니 뭔가 먹을 게 생기면 하나하나 사진을 찍고 기억해야 할 것을 기록해 두게 되는데 그러면서 덤으로 따라붙는 자랑질은 그 과정의 힘겨움을 상쇄해줄 만큼 재미가 쏠쏠하다.

작년까지는 마당 한 쪽을 일궈 만든 다섯 평도 채 안 되는 텃밭 외엔 제 농사가 전혀 없었다. 그래도 봄부터는 장에 갈 일이 거의 생기지 않았다. 시장에서 돈 주고 사다 먹는 것과 자연이 주는 대로 먹는 것은 여러 모로 큰 차이가 있다. 가장 큰 차이는 물론, '철'따라 먹는 것과 아무 때나 먹는 거다. 시장이나 마트엔 사계절 먹거리가 넘치지만, 국적도 제철도 없는 먹거리들은 사실상 계절을 거스르는 만큼, 그 먹거리가 온 거리만큼 석유를 치르고 먹는 셈일뿐더러 그렇게 키우고 그렇게 이동하기 위해 필요한 온갖 농약, 성장촉진제, 방부제 등을 치게 되어 있으니 사람 몸에 좋을 리가 없다.

그때그때 달라요

철 좀 들어 보겠다고 결심하고 나서 우리는 몰라도 너무 모른다는 생각에 조바심이 들었다. 책들과 인터넷을 뒤져 가며 채취부터 농사까지 제철 공부를 시작했다. 그런데 책도 딱히 이 지역에 맞는 게 없고, 인터넷을 뒤져도 뭐가 뭔지 정리하기가 어렵다. 그래서 김샘께 고흥 지역에 맞는 농사월력을 만들어 달라고 졸랐다. 김샘은 그다지 내켜하지 않으시더니 내가 열심히 졸라대니 결국 농사/채취 월력을 만들어 보내 주셨다. 그걸 누구나 보기 쉽게 정리할 생각이었다. 농사짓는 사람만이 아니라 장에서 사다 먹는 사람들도 그 달력만 있으면 제철 먹거리를 먹을 수 있도록 '제철 먹거리 달력'을 만들어 보급하겠다는 야무진 꿈도 꿨다. 고흥에서 먼저 만들어 전남권에 통용되는 제철 달력이 생기면, 다른 지역에 사는 친구들과도 같이 해 보자고 제안하려는 야심마저 있었다. 철부지에서만 좀 벗어나도 많은 것이 달라질 수 있을 거라는 깨달음이 내 나름으로는 제법 큰 것이었기 때문이다. 그런데…….

결과적으로 이 프로젝트는 '꽝'이 된다. 일단, 자연에서 나는 것들이라는 게 사람이 인위적으로 나누어 놓은 월·일별로 딱 떨어지게 정리되질 않는다. 보통 상추는 봄부터 여름까지 먹지만, 날씨가 따뜻한 고흥에서 우리는 가을에도 드문드문, 요즘 같은 겨울에도 가끔씩은 여린 상추를 뜯어먹는다. 냉이는 당연히 봄나물인 줄만 알았는데, 가을에 고구마 캐러 가니 밭 여기저기에 냉이가 올라와 있길래 자신있게 "못 먹는 거지요?" 했더니 "못 먹긴 왜 못 먹어?" 하신다. 고흥이 워낙 날씨가 따뜻해서 생기는 일만은 아니다. 심은 시기가 비슷한데도, 작년엔 여름 내내 따 먹었던 호박이 올해는 여름이 지나도록 하나도 열리지 않았다. 그러더니 가을바람이 불고서야 호박이 열리기 시작한다. 해마다 날씨가 다르고, 그때그때 자연 조건이 다르고, 큰 태풍이 온 때와 그렇지 않은 때가 다르단다. 심지어 바닷속도 마찬가지. 작년 가을에 갑오징어가 많이 잡혔다고 올해도 그런 게 아니다. 올가을엔 같은 바다에서 어쩌다 한 마리씩 잡히는 갑오징어를 먹고, 작년엔 못 먹어 본 물바지락을 많이 먹었다. 농사 월력을 받고서도 1년은 지나서야 왜 김샘이 농사월력 만들어 달라는 부탁을 내키지 않아 하셨는지 알게 되었다. 죄송하기도 하고 민망하기도 해서 "샘, 제가 졸라서 힘들게 만드셨는데 이거 결국 소용없는 거였네요?" 하니, "몸으로 겪어 이제 알았으면 됐어." 하신다.

김샘이 이번 주엔 소라 잡으러 가자셔서 "무슨 요일에 가요?" 하면, 한 번도 딱 떨어지게 말씀하시는 법이 없다. 대체 왜 시골사람들은 약속을 정확하게 못하고, 늘 말끝을 흐리나 했는데 그게 다 이유가 있는 거다. 내일 소라 잡으러 가자셨어도, 내일 아침이 되면 "오늘은 바람이 너무 많이 부니 다음에 가세." 하고 전화 올 때가 있고, 언제 마늘 뽑기로 약속을 했어도 비가 너무 안 와 흙이 딱딱하면 마늘 뽑기가 너무 힘드니 비 소식 이틀 뒤로 미루게 되기도 하는 것이다.

정작 필요한 건 엑셀 파일에 합리적으로 정리해 놓은 월별 먹거리가 아니라 오늘 해가 떴는지 안 떴는지, 구름이 많은지 적은지, 밤엔 별이 뜨는지 안 뜨는지, 달은 찼는지 기울었는지,

바람이 부드러운지 차가운지, 하늘을 보고 사는 거다. 올해는 태풍이 오는지 안 오는지, 태풍이 온 해와 스쳐 지나간 해가 어떻게 다른지, 내 피부에 닿는 날씨에 민감해지는 것. 바닷물이 나갈 때와 들어올 때, 많이 빠질 때와 적게 빠질 때를 물때 달력으로 가늠해 가며 날씨와 물때가 맞을 때를 기다리는 것. 철이란 그렇게 그냥 기다리는 거더라. 며칠 비가 오고 오전에 비가 그치면 오후엔 북서풍이 불어 바닷물이 많이 빠진단다. 바닷물이 많이 빠졌을 땐 약간 깊은 바다도 갯벌이 되니 채취할게 많아진다. 소라, 키조개, 꼬막을 줍고 운 좋으면 쭈꾸미에, 귀하디 귀한 우럭조개까지 잡는다. 그런 날을 기다려 김샘은 어김없이 바다에 나가자고 전화를 하시고, 우리는 배가 있는 김샘이 가자실 때 부지런히 따라다닌다.

30년째 농사를 짓고 계신 김샘도 여전히 해마다 봄이 오면 설레기도 하고, 두렵기도 하시단다. 올해는 또 하늘이 어떤 조화를 부려 농사가 잘 되기도 하고, 못 되기도 할 것인가. 가뭄이라도 다 나쁘고, 비가 많이 온다고 다 좋은 것만도 아니다. 벼농사는 제때 비가 안 오면 문제지만, 고추는 가문 해에 병충해가적고 잘 된단다. 그러니 하늘 탓도 함부로 할 건 아니라시며, 자연이 주는 대로 감사하며 먹고 살자신다.

시장에서 사다 먹는 것과 자연이 주는 대로 먹는 것의 두번째 큰 차이는, 자연이 주는 대로 얻는 건 도무지 내 계획대로 되는 일이 아니라는 거다. 때를 놓쳐서도 안 되고 양도 내 맘대로 조절이 안 된다. 물론 욕심내지 않고 적은 양만 얻을 수도 있지만 먹을 것이 귀한 겨울을 대비하지 않으면 돈 주고 사먹어야 하니 때에 따라 자연이 주는 대로 얻어두는 게 필요하다. 해초 따러 가자셔서 따라나섰다가 소라랑 덕굴까지 잔뜩 주워 왔고, 미역 따러 가자셔서 따라갔다가 펄떡펄떡 뛰는 숭어까지 여섯 마리나 잡아온다.

장보러 가지 않아도 먹을 것이 푸지게 생기는 건 부자가 된 기분이 절로 들지만, 봄부터는 한편 먹을 것에 쫓기는 기분이 드는 것도 어쩔 수 없다. 들이나 산·바다에 나가 먹을 것을 얻는 일도 힘든 일이지만, 힘들게 일하고 돌아와 얻은 것들을 갈무리하는 일도 만만치 않은 일이다. 마당에, 창고에, 부엌에 갈무리할 게 잔뜩인데 들에도 때를 놓치면 먹지 못할 나물들이 아직 지천이라 마음이 초조해질 때도 많다. 시간이 지날수록 경험이 늘어가니 점점 나아지고 있긴 해도, 여전히 오늘 산이나 들, 바다에 가면 뭐가 생길지 예측할 수 없다. 생전 처음 보는 것이나 들어는 봤어도 해먹어 보지 않은 것 투성인데, 한번 뭐가 생기면 그 양도 상당하다. 도무지 내가 일을 계획하거나 주도할 수 없고 일에 쫓기게 되는 거다.

오늘은 어제 잔뜩 뜯어온 톳을 마당에 말리고 있는 중이고, 내일은 오늘 따온 미역을 데쳐서 빨랫줄에 널어 말려야 하는

데 오늘밤부터 비가 온단다. 그런 날은 낭패다. 하루쯤 미룬다
고 큰일날 일이야 없지만, 날씨를 제대로 미리 살피지 못한 탓
이다. 톳이야 먹어 본 적 있어도 모자반은 생전 처음 보는 해초
니 당연히 조리법도 저장법도 익숙하지 않은데, 이게 말리거나
얼려 두면 1년 먹을 양이다. 해초 따러 가서 소라랑 덕굴도 주
워왔다고 좋아했는데 그거 손질하는 사이에 아침에 마당에서
뜯어 뒀던 쑥이나 달래는 한쪽에서 시들어 갈 태세다. 할 수 없
이 쑥이랑 달래를 다듬자고 바구니를 끼고 앉으니 옆지기는 밭
을 고르면서 뜯은 냉이를 또 한바구니 부엌으로 들이민다. 덕
굴은 저녁에 먹고 남은 것을 국물까지 얼려 두려고 뻘을 씻어
내고 찔 준비만 해 놓았는데 '앗! 어제 잡아온 숭어가 있었지.'
한다. 숭어는 내일 정도까지는 회를 떠먹을 수 있는데, 내일을
넘기면 얼려야 한다. 싱싱한 숭어를 얼리기 아까워 내일은 숭
어부터 회쳐 먹자 하고 보니, 이번엔 또 '앗, 냉장고엔 숙성시켜
볶아먹으려고 넣어 둔 김샘네 돼지고기가 왔었지.' 한다.

레시피는 무용지물

사람들이 가끔 묻는다. "채소나 해물이야 그렇다 쳐도, 고기
는 안 먹고 살아?"

돼지를 키우는 선배가 두 분이 있다. 한 분은 김샘, 또 한 분
은 섬에 사시는 동관 형님. 돈사가 아니라 돼지막에서, 사료가

아니라 농부산물이나 음식물 찌꺼기를 먹고 자라는 돼지들이다. 심지어 그 섬에 달랑 두 식구만 사시니 농사가 많지 않고 음식물 찌꺼기도 많이 나오지 않는 동관 형님네 돼지는 바다에서 따온 해초나 그물쳐 잡아다 주는 물고기를 먹고 자란다. 사람이 먹고 남은 것들을 돼지가 먹고, 돼지가 먹고 싼 똥을 땅이 먹고, 땅에서 난 것들을 또 사람이 먹고. 순전히 순환을 위해 키우는 돼지가 어느 정도 크거나 새끼를 많이 낳으면 돼지를 잡으신다. 돼지 잡는 날은 대개 '느티나무'(고흥생태문화모임) 잔치다. 무슨 일로 돼지를 잡든 고기가 생기면 꼭 우리집에도 나누어주시는 두 선배에게서 돼지고기가 올 때면 꼭 우리집 고기 떨어질 때쯤이다.

내가, 털이 덜 빠진 돼지 다리 한 짝을 붙잡고 뼈 발라내고 기름 발라내고, 숭숭 썰어서, 볶아도 먹고 삶아도 먹고 얼려 두었다 먹기도 하게 될 줄은 꿈에나 상상을 해 봤겠나? 처음엔 돼지막 앞에도 잘 못 갔고, 돼지 잡는 날은 도망다니기 바빴다. 그런데 이제는 직접 잡을 줄만 모를 뿐, 내 눈 앞에서 잡은 돼지도 잘만 처리해 저장하고 요리해 먹는다. 참 신기한 것이, 그렇게 키워 잡은 돼지고기는 고기를 썰거나 손질할 때 손에 너덕너덕 들러붙는 기름 따위가 없다. 음식 해먹은 프라이팬이나 그릇을 세제 없이 뜨거운 물로만 씻어도 기름기 없이 깨끗이 닦인다. 국적 다양에 정체 모를 것들로 만든 사료를 먹고 자라는 돼지고기보다 훨씬 맛도 좋다. 미역국도 쇠고기가 아니라 굴이나 숭어를 넣고 끓이니 이제 제사 때가 아니면 쇠고기 살 일이 없다. 두 분 선배가 1년에 몇 번 잡아 나누어주시는 돼지고기 양이 꽤 많아서 우리 식구, 육식도 충분히 한다.

이러니 사실상 한겨울을 제외하면 먹는 일만으로도 바쁘지 않은 때가 없다. 남들은 농사를 짓는 것도 아니고, 돈벌이를 하는 것도 아닌데 이런 일로 바쁘다면 놀러 다니는 줄만 알고 혀를 찬다. 하지만 제 농사가 없어도 이렇게 조금만 부지런을 떨면 1년 내 먹을 걱정이 없다. 그뿐인가? 바다가 가까운 지역에서 부지런히 몸 놀려 자연에서 마련한 것들로 차리는 시골 밥상, 소박한 게 아니라 오히려 화려하다.

시장에서 사다 먹는 것과 자연이 주는 대로 먹는 것은 그것 말고도 차이가 많다. 그 중 또 하나는, 익숙한 식단이나 레시피대로 해먹을 수 없다는 것. 서울 살 때 늘 뻔하게 해먹던 음식들의 레시피가 여기선 무용지물이다. 처음엔 된장찌개를 끓이려는데 철이 아니면 감자도 호박도 없이 어떻게 끓이라는 건가 참 난감했다. 하지만 이제 똑같은 된장찌개를 끓여도 철마다 들어가는 재료가 달라진다. 바다에서 나는 게 많은 지역이니 이곳 사람들은 나물을 볶을 때도 해물을 많이 쓴다. 머위줄기 볶음이나 고구마순볶음엔 바지락이 어울리고, 무나물엔 굴이 어울린다. 그렇게 볶는 나물엔 쌀가루와 들깨가루를 섞어 쓰면 국물까지 맛있다는 걸 배우게 된다.

바지락을 캐온 날은 김샘한테 배워 바지락 회무침을 해먹기도 한다. 바지락도 회로 먹을 수 있다는 사실은 정말 놀라웠다. 꼬막은 데쳐서 양념장 만들어 끼얹어 먹는 게 당연한 줄 알았는데, 그렇게 하니 짜서 먹을 수가 없다. 이곳 사람들이 듣더니 깔깔 웃으며, "서울에서 물 간 꼬막이나 먹으려면 양념장이라도 끼얹어야 할껴." 하신다. 바다에서 막 온 것들은 그 자체로 소금기가 있어 따로 간을 하지 않아도 된다. 파래는 무 채썰어 넣고 새콤달콤하게 무쳐야 먹는 줄 알았는데, 여기선 조선간장과 참기름만 살짝 쳐서 그냥 무쳐 먹는다. 파래향 다 날아가게 설탕, 식초를 왜 치냐신다. 무엇이든 싱싱한 것을 바로 먹을 수 있는 시골에선 양념을 적게 하고 최대한 자연의 맛 그대로를 살려 먹는 거다.

그런 데다 생전 처음 보는 것들은 어찌 그리 많은지. 김샘이 따다 주신 토종다래를 보고는 "아, 이게 머루랑 다래랑 먹고, 의 그 다래군요." 했다. 그렇게 글에서라도 본 것도 있지만, 듣도 보도 못했던 것들도 천지다. 껍질을 까면 꼭 바나나같이 생긴 으름을 따다 썰어 바싹 말려서 장날 뻥튀기 아저씨한테 가져가 볶아온다. 구수하고 달착지근한 으름차가 된다. 김은 구워먹는 것만 있는 줄 알았는데, 물김이 잔뜩 생긴다. 회무침을 해먹는 데서 무치긴 했는데 안 먹어 본 우리 식구 입맛엔 영 비리더니 국을 끓이니 무척 맛있다. 방아잎은 어떻게 해먹는지, 산초 열매는 어떻게 해먹는지, 산에서 캐온 둥굴레는 어떻게 해야 차가 되는지……. 생전 처음 본 것들인데, 내가 어떻게 아냐고요.

이런 얘길 들은 시골 출신 선배는 매번, "진짜 물김도 처음 먹어 봤어?" "진짜 으름도 처음 봤어?" 하더니 "대체 서울사람들은 뭘 먹고 자라는 거냐?"라며 기막혀 한다. '너하고 나하고 꽤 친하다고 생각했는데, 우린 정말 다르게 자랐구나.' 하는 생각에 갑자기 도시에서 자란 사람들이 참 낯설어지면서 새삼 놀랐다고 한다. 요즘은 나도 때때로 기억을 떠올리려 하지만 도무지 생각나지 않을 때가 있다. "불과 2년 전인데, 대체 서울에선 이맘때쯤 뭘 먹고 살았지? 왜 난 오늘도 내가 한 번도 해본 적 없는 요리를 하게 되는 거지?"

게다가 자연은 내가 원하는 것을 주는 게 아니라 자연의 섭리대로 우리에게 필요한 걸 준다. 어떤 때는 호박이 잔뜩 열리고, 어떤 때는 가지가, 어떤 때는 꽈리고추가 먹고 죽어라 수준으로 열린다. 기껏해야 다섯 평도 안 되는 텃밭에서 다품종 소량생산을 하는데도 그렇다. 그러니 당연히, 다채로운 조리법을 고민하지 않을 수 없다. 한동안 가지무침에 가지볶음을 죽어라 먹던 큰아이는 어느 날 시키지 않아도 가지전을 부친다. 호박도 이리저리 조리해 먹다 지치면 종종 채썰어 넣고 늘 해먹던 부침개 대신, 호박 속을 긁어 갈아넣고 밀가루는 아주 조금만 넣고 부쳐본다.

도시의 먹거리는 얼마나 많은 손을 거치나

그러니 시골에 오고부터 뭐가 됐든 먹을 게 생기면 나한텐 몽땅 공부거리다. 인터넷을 뒤져 조리법을 찾기도 하고, 김샘한테 불나게 전화질을 하기도 하고, 급할 땐 아랫집 할머니네 뛰어가 여쭙기도 해야 한다. 요리에 나름 자신 있던 주부 구력도 그다지 믿을 게 못 되니 당연히 밥 한 끼 차려 먹는데 시간이 오래 걸릴 수밖에 없다. 게다가 시장을 거쳐 온 것들과 자연에서 바로 온 것들은, 나 같은 초보자는 알아보기 힘들 정도로 생김새부터 다른 것이 많다. 냉이조차 냉이인 줄 몰랐던 이유가 있었던 거다. 식재료를 다듬는 일이 얼마나 힘든지 시골에 오기 전엔 상상도 못했다. 결국 서울에 살 때 그 일은, 내가 알지 못하는 사이 누군가의 손을 빌렸었다는 생각을 예전엔 미처 하지 못했던 거다.

작년 초, 우리가 고흥에 온 지 얼마 되지 않았을 때 김샘이 홍합 한 망태기를 캐다 주셨다. 식구들이 해물을 참 좋아해서 입이 함빡 벌어졌다. 그런데 씻으려고 싱크대에 홍합을 쏟아놓고 보니 암담해진다. 어쩌다 시장에서 사다 먹던 홍합이 아니다. 뻘(개흙)은 엄청나고, 홍합 껍데기엔 따개비에 석화에 온갖 해초들이 들러붙어 있다. 흐르는 찬물에 뻘은 씻어내고, 칼

등으로 따개비와 굴, 미더덕, 오만둥이 등은 긁어내고, 홍합을 휘감고 있는 미끌미끌한 해초들은 일일이 손으로 떼어내고, 솔로 문질러 껍질에 남아있는 불순물들을 제거하고, 그러고도 마른 수건으로 수염을 잡아당겨 뜯어낸 후 다시 헹궈야 한다. 실컷 먹을 수 있게 한망태기나 갖다 주셨다고 좋아했는데, 슬슬 손도 시리고 허리도 아프고, 이걸 언제 다 손질하나 싶어 연신 한숨이 나온다. '이 추운 날, 바닷바람 맞아가며 바다에 나가 건져다 나눠주신 분도 있는데 힘들다 생각 말자.' 마음을 고쳐먹고 홍합을 다듬었다.

홍합 한 망태기면 커다란 들통에 가득 끓일 만큼이다. 물을 자작하게 붓고 홍합탕을 끓인다. 김샘이 가르쳐 주신 대로 따로 간도 하지 않고, 파 마늘도 넣지 않는다. 홍합탕 본연의 맛을 제대로 느끼기 위해서다. 두 번쯤 포르르르 국물이 끓어오르면 불을 끈다. 뚜껑을 열어 보고 깜짝 놀란다. 앗, 이게 웬 일인가? 무슨 홍합탕이 마치 곰국마냥 이렇게나 뽀얗단 말인가? 국물 한 숟갈 떠먹어 보고 탄성을 지른다. 지금까지 내가 먹어 본 홍합탕은 홍합탕이 아니었던 것이다. 부드러운 홍합살은 입에서 살살 녹고, 홍합 국물은 "와, 예술이다. 바로 이 맛이야!" 소리가 절로 나온다. 작년 겨울, 홍합이 제철인 동안 가끔씩 김샘은 배를 타고 바다에 나가 홍합을 건져다 나눠주셨고, 한번 그 맛을 본 우리는 손질 힘들단 소리가 쏙 들어갔다.

그때는 몰랐는데, 겨울에 그런 홍합을 먹기 위해선 한여름에 바다에 나가 준비를 한다. 바닷속 20미터 깊이의 암초에 붙어 사는 홍합을 따다 먹을 해녀가 될 순 없기 때문이다. 지난 여름부터는 옆지기가 김샘을 따라 배를 타고 바다에 나갔다. 미리 배를 몰고 홍합이 자라기 좋은 적당한 위치를 찾아 양쪽에 말뚝을 박아 놓는단다. 그런 다음 조금 먼 바다에 다시 배를 몰고 나간단다. 굴이나 파래를 양식하는 사람들이 굴이나 파래를 수확하고 나서 바다에 버린 종패붙이는 밧줄이나 그물들을 배에 건져 올린단다. 양식하는 사람들이 버린 밧줄이나 그물이 암초나 되는 줄 알고 거기 붙어사는 새끼 홍합들이 많단다. 새끼 홍합이 많이 붙은 밧줄이나 그물을 골라 다시 배를 몰고 말뚝 박아 놓은 위치로 간단다. 말뚝에 줄을 매고, 그 줄에 밧줄을 하나하나 묶어 바다로 내린단다. 그러면 홍합은 걷어올리기 좋은 위치에서 나란히 자라주는 거다. 초겨울이 되어 그 줄을 걷어 올리면 여름부터 자란 홍합을 수확하게 되는 셈이다.

처음 옆지기가 그 일을 하러 바다에 나갔을 땐, 자기가 태어나서 지금까지 해 본 일 중 가장 힘든 일이었다며 녹초가 돼서 돌아왔고 밤에는 끙끙 앓는 소리를 내며 자더라. 밧줄은 어마어마하게 무겁지, 한여름 햇볕은 피할 데도 없이 뜨겁지, 바닷바람은 불어대지, 작고 좁은 배는 움직일 때마다 출렁대며 흔들리지……. 몇 번이고 바다에 빠질 위험도 넘겼단다. 여름에 그 일을 해 보고서야 홍합 손질하는 정도는 일도 아니란 걸 알게 됐고, 잠수복 입고 바닷속에 들어가 홍합을 따지 않아도 자연산 홍합을 먹을 수 있다는 걸 알게 됐다.

모든 게 이런 식이다. 굴은 깨끗이 씻어 찌고도 뻘을 가라앉혀야 국물을 먹을 수 있을 정도로 뻘이 많이 묻어 있고, 잡은 지 며칠이 지나도 펄떡펄떡 뛰는 게는 손가락 물릴 각오를 하고 씻어야 한다. 마당에 봄이면 조개총이, 겨울이면 석화총이 생기는 우리집은 바지락 까고, 굴 까는 일만도 장난이 아니다. 나물도 흙을 털어내고 일일이 다듬어 씻어야 하고, 수확한 콩이나 녹두, 팥도 털고 나서도 상 위에 쏟아 놓고 돌이며 못 먹을 걸 골라내야 한다. 도시에 살 땐, 이런 걸 나는 대체 얼마나 많은 손을 거쳐 내 손에 들어왔는지도 모르고 편히 먹고 살았던 거다.

밥상 위에도 전선은 있다

마지막으로, 시장에서 사다 먹지 않고 자연이 주는 대로 먹는 것은 한마디로 식생활 '문화' 자체를 바꾸게 되는 일이다. 가령 우리 식구들 먹는 것을 죄다 따져보면 자연이 주는 대로 먹어도 고기며 어패류며 풀이며 과일까지 모자람 없이 먹는다. 그러나 그게 아무 때나 있는 게 아니라서 어떤 땐 먹을 게 넘쳐 나눠먹고 싶은 사람들이 마구 떠오르지만, 어떤 땐 갑자기 손님이 와도 미리 만들어둔 차나 효소 외엔 내놓을 만한 게 없다. 특히 과일 같은 건 더 그렇다. 많이 생겼을 땐 얼리고 효소 담그고 별 짓을 다 해도 식구끼리 다 먹을 수 없어 이집저집과 나눠먹는다. 하지만 갑자기 어려운 손님이 왔을 때 내놓을 과일이나 다과가 전혀 없는 경우도 많다. 처음엔 이게 아주 난처하게 느껴졌다. 특히 멀리서 친구들이 놀러오면 으레 장을 보러 갈 수밖에 없었다. 하지만 이제는 누가 손님으로 오든 그냥 "우리, 이렇게 살아요." 한다. 그러니 우리집에 누가 놀러오든 맛난 걸 많이 얻어먹는 건 순전히 때와 운에 달려 있다.

아이들 간식도 완전히 달라졌다. 어차피 군것질이 생각나도 과자 한 봉지 사려면 1킬로미터는 걸어 나가야 하고 그것도 저녁 다섯시가 넘으면 차를 타고 왕복 16킬로미터를 다녀와야 하는 동네다. 호박이 많이 열릴 땐 호박부침개를 해먹고, 부추가 많을 땐 부추전을 해먹는 식이어서 도시에 살 때 흔히 먹던 간식을 먹을 일은 거의 없다. 늘 비슷한 반찬을 먹게 되는 때에나 아이들을 배려해 별식이나 간식을 만들 때도 있긴 하다. 토마토가 잔뜩 열렸을 때 토마토 스파게티, 바지락을 왕창 캐왔을 때 봉골레 스파게티, 고구마를 많이 캤을 때 전기밥솥에 찌는 고구마케이크, 하는 식으로 말이다. 마른 새우를 많이 얻어다 놓았더니 아이들이 새우를 갈아 넣고 반죽해서 프라이팬에 구워 새우깡을 만들어 놓았다. 아이들도 으레 자기 먹고 싶은 것들을 인터넷 레시피 찾아 가며 만들어 먹는다. 하지만 방부제 잔뜩 들어간 밀가루 많이 먹어 좋을 것도 없고, 생협이 없는 동네에 사니 우리밀가루 구하기도 귀찮고, 굳이 어렵게 구해서까지 꼭 그런 걸 먹어야 하나 싶기도 하다.

쌀 사먹는 주제에 떡 해먹는 것도 사치처럼 느껴져 작년엔 쑥버무리 몇 번 해먹고 떡도 잘 안 해먹었는데, 올해는 벼농사 지어 수확한 쌀이 있으니 쌀가루 빻아다 놓고 이제부턴 가끔씩 떡 해먹을 기대에 부풀어 있다. 올해는 작년과 달리 밭에서 수확한 팥이며, 호박이며, 녹두며, 콩이 있으니 갖가지 떡을 해먹을 수 있겠다. 물론 또 인터넷을 뒤져가며 떡 찌는 법을 공부하고 온갖 에피소드를 만들어가며 시행착오를 거쳐야겠지만.

"이 집은 먹는 거 하난 황제급이라니깐~!"

내가 밥살림 일기를 SNS에 올릴 때마다 친구들이 하는 소리다. 서울 같은 대도시에 사는 사람들은 말할 것도 없고, 바다가 가깝지 않은 시골에 사는 사람들조차 부러움과 시샘을 감추지 않는다.

먹거리가 많이 생기면 우선 이 지역에 사는 지인들과 나눠 먹곤 하지만, 때때로 멀리 사는 가족이나 친구들 생각이 난다. 여기서 우리가 먹는 음식 같은 음식은 구경도 못 하고 살 사람들. 해물 좋아하는 사람, 나물 좋아하는 사람, 어떤 음식을 볼 때 유달리 생각나는 사람이 있을 때도 있다. 그럴 때면 홍합철에 홍합을 보내기도 하고, 유자철에 유자를 보내기도 하고, 때로는 담가 둔 장아찌나 젓갈을 보내기도 한다. 하지만 실은 그럴 때마다 갈등을 하게 된다. 가령 해물은 민물이 닿지 않은 채 바다에서 온 채로 보내는 것이 가장 싱싱하게 맛을 지키는 방법이다. 그러나 바다에서 건져올린 그대로 손질하지 않은 홍합을 받아도 좋아할 얼굴은 단 한 사람도 떠오르지 않는다. 결국 손질해서 보내기로 결정하곤 속으로 투덜거린다. "바다에서 막 건져온 뎅이굴이며 홍합이며, 아무리 싱싱하고 좋은 거면 뭐하나? 어차피 이렇게 민물로 씻어 보낼 걸. 이것도 나름 산지 직송이라고 유난 떨며들 드실라나?"

지인들에게 보내려고 홍합이나 뎅이굴을 손질하다가 문득, 낙망한 표정으로 역정을 내시던 김샘의 얼굴이 떠오른다. "농민들이 농사짓기도 쎄가 빠지는데, 언제까지 도시 것들 치다꺼리나 해 주며 살아야 한당가?" 도시사람들이 배추가 아니라 절임 배추를 사고, 제철꾸러미 사업을 하든 생협 활동을 하든 생산자 중심이 아니라 점점 더 소비자 중심으로만 모든 일이 진행되는 것에 대해 이야기 나누다 나왔던 말이다. 들일보다 훨씬 힘들게 느껴지는 바닷일을 해서 건져다 보내주는 것으로도 모자라 손질까지 해서 보내지 않으면 오히려 인상부터 찌푸리는 건 도시 살 때의 내 모습이기도 하다. "이 고생을 하느니, 안 먹고 말지." 소리까지 했을라. 노동시간 단축은 꿈도 못 꿀 얘기고, 뭐든 널어 말릴 곳도 배추 절이고 먹거리 손질할 곳도 마땅치 않은 아파트형 주거문화에서 사는 사람들에겐 어쩌면 당연한 일일지도 모른다.

유자차를 담가서가 아니라 유자째로 10킬로그램을 보내도 좋아할 사람은 이천에 낙향해서 텃밭 일구고 사시는 칠순 넘은 내 은사님 딱 한 분뿐이다. 유자차로 보낸다면 많이 보낼수록 좋아할 사람도 유자를 보낸다면 아마도 1~2킬로그램 이상은 필요없다고 할 거다. 여기선 남아돌아 다 못 먹고 버리는 게 천지인데, 도시에선 몽땅 돈 주고 사지 않으면 먹을 수 없는 것들이니 도시의 지인들에게 보내주고 싶은 것들이 참 많다. 하지만 유기농법으로 농약 한 번 안 치고 키우거나 자연이 거저 준 산물들을 보내려다 사람들이 감당할 수 있는 양을 생각하면, 택배비도 안 나올 짓은 말자, 할 때가 많다.

기계로 일정한 크기로 썰어 깔끔하게 팩에 포장된 돼지고기를 사먹는 데 익숙한 사람들은 직접 돼지를 잡아 그 자리에서 숭덩숭덩 썰어 구워 주는 돼지고기를 그리 달가워하지 않기도 한다. 요즘 애들은 토종닭을 잡아 몸에 좋은 온갖 약초를 넣고 닭고기를 고아 주면, 그것을 앞에 두고 "이거 말고, 치킨~!" 한다고도 한다. 마늘 고장인 고흥에 오고 나니 같은 고흥에서 나는 마늘이라도 '고흥산', '남해산', '스페인산' 등등이 있다는 걸 처음 알았다. 그게 신기해서 도시에 살 땐 나에게 '그냥 마늘과

깐 마늘'만 있었다고 고백했을 때, "헉~ 언닌 그랬수? 나한텐 그냥 마늘(당연히 깐 마늘)과 다진 마늘만 있는데~" 하던 후배도 있었다.

사람들이 흔히 하는 말 중에 "다 먹고살자고 하는 짓인데~" 라는 말이 있다. 대체 '잘 먹고 잘 산다'는 게 뭘까? 아니, 그것 보다 중요한 일은 뭘까? 도시적 삶이 누리는 것들과 도시적 삶이 포기한 것들에 대해 고민하지 않고서, 자본주의의 털끝 하나라도 건드릴 수 있을까? 나도 서울에 살 땐, 돈만 주면 무엇이든 사먹을 수 있는 세상인 줄 알았다. 그러나 지금에 와 보니 설령 돈이 있어도 몰라서 못 먹는 것들이 더 많았고, 내 입으로 들어가는 게 대체 어떻게 난 것들인지, 어떤 독극물이 들어 있는 것인지, 어떤 과정을 거쳐 내 입까지 오는 것인지 모르는 것이 훨씬 더 많았더라. 누구를 위하여, 무엇 때문에, 우리는 그렇게 먹고 사는 것일까?

'무엇을 먹을까? 무엇을 입을까?' 염려하지 말라던 예수의 말은 수정되어야 한다. 시시때때로 느닷없이 300만 두의 가축이 살처분되는 시대를 살고 있는 우리다. 이제 우리는 우리의 밥상에 대해 시급하고도 심각하게 성찰해야만 하는 것은 아닐까? 여기 살면서 "에구에구, 먹고살기 참 힘들다."라고 엄살을 부리고 싶을 때마다 나는 생각한다. 우리의 밥상 위에도 전선은 있다. 결코 쉽게는 물러서지 않겠다.

존경하다, 또는 다시 보다(re-spect)

시골에 살러 오면서 두려운 것이 참 많았지만 그 중에서도 제일이었던 건 역시 '사람들'이었다. 농촌 사회가 얼마나 가부장적일지 보지 않아도 알 것 같았고, 시골사람들이 외지에서 온 사람들에게 얼마나 배타적인지에 대해서도 숱하게 들었다. 게다가 막연히 주워들은 이야기들만으로도 우리를 충분히 숨 막히게 하는 이른바 '시골 정서'라는 것. 어찌 두렵지 않았을까. 어쩔 수 없이 뼛속까지 개인주의적이고 어쭙잖게 배운 티를 숨기지 못하는 우리가 대체 시골사람들과 더불

---

* 이 글은 2014년 봄에 썼다.

어 이웃하며 잘 지낼 수 있을까, 말이다. 심지어 대개 시골 마을은 집성촌이 아닌가.

하필 우리가 마을로 이사한 때는 농한기인 한겨울이었다. 우리가 이사하자마자 온 마을 사람들이 우리 집만 지켜보고 있는 것 같은 기분이 들었다. 아침에 일어나는 시간도 밤에 우리 집에 불이 꺼지는 시간도 신경이 쓰였고, 가끔 산책을 나가는 일도 쉽지 않았다.

거실 소파에 앉아 빨래를 개고 있는데, 갑자기 유리창에 사람의 머리가 언뜻언뜻 비쳤다. 소리도 없이 누군가 기웃거리고 있었다. 현관문을 두드린대도 가슴이 두근거릴 건 마찬가지지만 도둑고양이도 아니고 대체 누가 소리도 없이 저러고 있단 말인가. 조심스럽게 창을 여니 "누가 새로 이사 왔대서 함 와봤응께, 일 보셔." 하고는 쓰윽 돌아서는 낯선 아저씨.

어느 날은 방에 있다가 문이 열리는 기척에 거실로 나가니 웬 낯선 여자가 "들어가도 돼요?" 한다. '드디어 올 것이 왔구나.' 싶은 마음. 들어가도 되냐고 묻더니 내가 미처 대답도 하기 전에 벌써 여자는 거실 한가운데 서서 집을 둘러보고 있었고, 여자가 데려온 아이는 벌써 피아노 뚜껑을 열고 있다. 간신히 표정 관리를 하며 차를 내었다. 도시에 살다가 시댁이 있는 우리 마을에 살러 온 지 10년이 넘었다는 미애 씨. 자기도 여기 토박이가 아니라 수도권에서 왔으니 그래도 제일 말이 통하지 않겠냐며 먼저 인사를 챙기러 온 미애 씨는 나랑 동갑이라는 걸 알고 금방 친구먹잔다. 그 후로 가끔 찬거리도 갖다 주고, 밭일 하다가 지나가는 나를 보면 얼른 시금치를 캐 주기도 하는 미애 씨건만 나는 볼 때마다 살갑게 대하는 미애 씨가 오히려 불편했다.

우리집에 감시카메라가 달렸나

며칠 후, 농사도 짓지만 노인요양원을 운영하고 계시기도 해서 우리가 원장님이라 부르는 집주인아저씨가 들르셔서 우리 부부를 앉혀 놓고 이르신다. "마을사람들하고 척지고 지내도 안 되지만, 너무 가깝게 허물없이 지내도 안 될 거이네, 잉?" 척지고 지내지 말라는 것까진 알겠는데 너무 가깝게 지내지도 말라는 건 또 무슨 뜻인가. "지난번 마을총회 때 내가 단도리혀 놓긴 혔는디, 아직 시골살이 초짜들이니께 성가시게 하지 말라고 말이여." 뭔 말씀인가 어안이 벙벙한 우리 부부 표정을 보시곤 답답해하시는 원장님. "긍께 너무 허물없이 지내믄 이렇게 젊은 사램 없는 마을에선 동네 머슴이 돼야분당께. 자네들 농사 시작도 허기 전에 몸 다 곯아분단 말씨." 그제야 무슨 말인지 알아들은 우리 부부. 하지만, '멀지도 가깝지도 않게'란 대체 '어떻게'란 말인가?

조언을 들어도 더 어렵게 느껴지는 마을살이에 우리는 여전히 겁을 먹고 있는데, 걱정 말라시던 원장님이 가끔 전화를 해주신다. "워디여?" "잠깐 일 보러 읍내에 나왔는데요?" "잉, 지금 바루 차 돌려 싸게 와야 혀. 오늘은 꼭 참석해야 되는 마을 행산께." 새벽에 이장님이 마을방송으로 행사를 알리면 우리는 어김없이 원장님께 전화를 건다. "잉, 그건 안 나가도 돼야. 안 나가면 욕먹을 만한 일은 내가 미리 알려줄텡게, 내 연락 없음 맘 푹 놔부러." 우리에겐 다행도 그런 다행이 없었다. 하지만 그게 다는 아니었다.

그러던 어느 날, 미애 씨가 한 무리의 부대를 이끌고 또 우리집에 들어섰다. 같이 온 사람들은 저마다 옆구리에 성경책을 끼고 있었다. 미애 씨가 다니는 교회 목사님 내외와 신도들이 심방을 왔단다. 허거덕~ 지난번에 집에 온 미애 씨가 피아노를 보더니 자기 교회에 와서 반주도 하고 봉사도 하면 좋겠대서 식겁했는데, 이번엔 표정 관리도 잘 되지 않았다. 웬만하면 마을사람들과 잘 지내고 싶었지만 여기서만큼은 물러설 수 없다는 긴장감으로 나는 곧 터질 것 같았다. 일단 차를 내고 과일을 깎아 정성껏 대접했다. 그리고 찾아주셔서 고맙다고 인사부터 하고, 앞으로도 찾아주시는 손님은 언제든 반갑게 맞겠지만 교회는 절대로 다닐 생각이 없음을 정중하고도 단호하게 말하느라 온 에너지를 다 써 버렸다. 다행히 손님들은 교회에 나올 것을 강권하지는 않았다.

혹시나 그때 다녀간 손님들 중에 우리집 책장엔 성경책도 있고, 반야심경도 있고, 논어도 맹자도 있다는 것을 알아차린 사람도 있었을까? 한동안 우리 식구들이 '여호와의 증인'이라는 소문이 돈다고 했다. 도무지 어떻게 그리 연결됐는진 알 수 없어도 아마 농사도 짓지 않으면서 딱히 직업도 없어 보이는 부부가 아이들을 학교에 보내지 않는다는 데서 누군가의 생각이 그리 튄 모양이다.

한창 바쁜 마늘 뽑는 철, 일손이 모자라 쩔쩔매는 원장님네 일을 도우러 갔다. 우리 부부말고도 품앗이를 온 아줌마들이 꽤 계셨다. 마을에서 가끔 인사를 했던 분도 있지만, 처음 뵙는 분들도 있었다. 그런데 우리 마을도 아니고 앞마을에 사신다는 아주머니 한 분, "근데, 그 집인 왜 그렇게 밤에 늦게 들어온당가? 가끔 보믄 열두시가 넘어서 차가 들어가데." 허거덕~ 생전 처음 보는 아주머니가 우리 식구 귀가 시간까지 챙기신다. 도대체 저 분들은 뭘 더 알고 계신 것일까? 우리집 둘레 어딘가에 감시카메라가 달린 기분이었다.

마을에서만 그런 것도 아니다. 어느 날 읍내 세탁소에 세탁물을 맡기러 갔다. 주인아저씨가 어디 사냐길래 점암면에 산다고 했다. 그랬더니 "점암면 워디?" 하신다. "천학리요." "아, 천학? 그럼 장남이여, 구천이여?" "장남 마을 앞에 가학 마을이요." "주순이네 부락이구먼." 우리집 주인 원장님 성함이다. 고

홍에선 한 다리만 건너면 죄다 아는 사람들인 것 같다. 어떤 땐 은행에서 처음 만난 아저씨 입에서 우리 마을 이장님 성함이 불쑥 튀어나오고, 우체국엘 가도 처음 보는 아저씨 입에서 "아, 주순이네 이사 온 서울 양반들이시구먼." 소리가 자연스럽게도 나온다.

이런 마당에 고흥군 전체에서 여성인 내가 마음편히 담배를 피울 수 있는 장소는 없다. 그냥 당당하게 피우지 그러냐고? 농촌 지역에서 이런저런 운동권을 다 합쳐도 그야말로 한 줌도 안 되는데, 그 중에서 여성은 모래밭에서 바늘 찾기일 지경이다. 도시라고 뭐 얼마나 다를까만, 운동권조차 가부장적 문화의 화신들이란 뜻이다. 모르는 사람들이 처음 만나면 일단 나이부터 까고, 순식간에 형님아우가 되는 문화야 익히 들어서 알고 있다 쳐도, 그렇게 형성된 남성 서열을 중심으로 그 아내인 여성 서열이 결정되기 때문에 나보다 나이가 어린 사람이라도 그 옆지기가 내 옆지기보다 나이가 많으면 형님이 되는 게 농촌 문화란다. 도시에 살다 와서인지, 나하고 먼저 친구가 되어서인지는 몰라도 내게 형님 소리를 바라지 않는 우리 마을 미애 씨는 내 옆지기에게 '시숙님'이라고 부른다. 내 옆지기는 미애 씨에게 자기 이름을 가르쳐 주고 이름을 불러 달라 말하려고 2년째 벼르지만 여전히 기회만 보고 있다. 여기서 완전히 자리잡고 농사지으며 살 만큼 살아 사람들과 쌓인 미운 정 고운 정이 있다면 또 모를까, 그러지 않아도 애들이 학교를 안 다니네, 농사는 자급농 이상은 안 할 거네, 농약은 안 치고 농사짓네, 하는 통에 외계인처럼 느껴질 외지인 여성이 담배까지 피워대며 선입견을 먼저 심어 주는 건 이 시골바닥에서 끝까지 외계인으로 살겠다는 의지가 아니면 쉽지 않다.

그뿐이면 얼마나 다행인가? 처음엔 마을사람들이 농사짓는 걸 보면 나도 모르게 혀를 끌끌 찼다. 어느 날 외출하는 길에 보니 마을 어르신 한 분이 논둑에 걸터앉아 낚시하듯 무언가를 늘어트리고 계셨다. 자세히 보니 뭔가를 뿌리고 있는 듯했는데, 잠시잠깐이 아니라 계속 앉아서 들이붓다시피 하는 거다. 농약이었다. 나는 깜짝 놀랐다. '해도 해도 너무 하네. 저걸 어떻게 먹어?' 싶었다. 한창 바쁜 철에 일손을 돕느라 마늘을 심으러 가 보니 이번엔 한 술 더 떴다. 품앗이 온 아주머니들이 막걸리를 마시며 잠시 쉴 때 안주가 마땅치 않으면 밭에서 아무거나 뽑아 드시곤 하는데, 그날은 마땅한 게 없었다. 누군가 "마늘이라도 먹지 그래?" 하니 "죽고자프면 뭔 짓을 못한당가?" 하신다. 그러지 않아도 땅에 심을 마늘이 왜 축축하게 젖어 있나 했는데, 마늘은 아예 종자를 농약에 담가 소독해서 심는 거다. 말 그대로 관행농이다.

그런데……, 참 신기한 일도 다 있지. 시골에 와서 산 지 6개월쯤 지났을 때일까? 우리는 전혀 다른 생각을 하고 있었다. 감시카메라 같기만 했던 마을사람들의 시선이 이제 보호로 느껴진다. 애들만 두고 밤늦게까지 돌아다녀도, 심지어 대문도 잠그지 않고 며칠씩 집을 비워도 걱정이 안 된다. 집 짓고 살 터를 보러 다닐 때 마을에서 한참 떨어진 곳이면 이제 '고즈넉하다'는 생각이 드는 게 아니라 사람들 눈이 없어 위험하단 생각이 먼저 든다. 밭일 하다 모르는 게 있거나 갑자기 필요한 게 생겼을 때 냉큼 뛰어갈 아랫집 할머니네가 없다고 생각하면 그렇게 허전할 수가 없다.

시도때도 없이 들락거릴 것만 같았던 마을사람들은, 당신들도 농사일에 바빠져서 그런 건지, 우리가 이제 이 마을에 정착한 듯 보이니 호기심이 사라져서 그런 건지, 아님 우리가 좀 까칠하게 느껴져서 그런 건지는 알 수 없으나 이제 특별한 일이 없을 땐 갑작스런 방문이 거의 없다시피 뜸해졌고, 우리집이 마을 안에 있긴 하지만 언덕 위에 약간은 돋아진 집인 데다 작은 산을 둘러싸고 형성된 마을의 말하자면 끝집인 셈이고 우리가 드나들 때 만나지는 이웃이라곤 원장님네 앞집과 할머니 할아버지 내외가 사시는 아랫집 하나이니 그 외 사람들에게 간섭받을 일도 생각보다 별로 없는 편이다. 아주 가끔 마을 행사가 있을 때 참여하고, 원장님네나 아랫집 할머니네 농사가 아주 바쁠 때 조금씩 일을 거들기 시작하면서 마을사람들은 이제 우리를 영 외지인 대하듯 하시진 않는다. 여기 와 산 지 1년이 지나고부터 원장님이 농사짓던 논을 빌려 세 마지기 벼농사를 짓기 시작하니 남들 보기엔 소꿉장난 수준의 농사라도 이젠 농사 짓는 놈들이라 보시는 건지, 아직 서툴러도 조금씩은 일머리가 생겨 일손을 나누기 시작하니 마을 어르신들이 우리를 대하시는 게 확실히 달라졌다.

시간이 지나면서 마을사람들도 우리 식구들도 조금씩 서로 익숙해진 덕분이기도 하겠지만, 잔뜩 겁이나 먹었던 우리의 마음이 달라진 건 정작 우리가 우리 자신을 제대로 보기 시작하면서인 것 같다.

'남'은 어떻게 '너'가 되는가?*

귀농학교 한 번 기웃거려 보지 않고, 그 흔한 도시 텃밭 한 번 가꿔보지 않은 채 시골에 와서 밭이 아니었던 마당에 처음으로 텃밭을 만든다고 설치던 3월 어느 날이었다. 꼴랑 다섯 평도 안 되는 텃밭을 일군다고 곡괭이질을 하는 옆지기를 보신 원장님이 혀를 차시며 "쫌만 지둘려. 내가 혀줄텡께. 트랙터로 1분이면 미는 걸 그걸 곡괭이질이라고 하고 있능가?" 하신다. "에이, 이 쬐끄만 밭을 뭐하러요? 그냥 손으로 해 볼게요." 해 놓고 옆지기는 은근히 원장님을 기다리는 눈치다. 바쁘신 원장

---

* 엄기호, 〈남과 너〉(《한국일보》 2012.6.28.)에서

님이 안 오시고 옆지기는 뱉은 말이 있으니 며칠씩 걸려 텃밭을 일궈 놓고 허리를 펴지 못했다. 나중에 김샘께 들은 말씀으론 김샘이면 반나절이면 일궜을 밭이라지만 옆지기는 그 일을 마치고 느낀 바가 많은 것 같았다. 몇 백 평, 몇 천 평씩 농사짓는 남들은 트랙터 없인 못 짓겠다, 하면서. 기껏 종자를 심어 애써 싹을 틔워도 우리보다 벌레들이 먼저 먹는 채소나 열매는 또 얼마나 많은가? 새들이나 벌레들도 얌체들이지, 먹으려면 일관성 있게 먹던 거나 전부 먹을 일이지 이것 찔끔 저것 찔끔 갉아먹고 마니 우리는 맛도 못 보는 작물들이 생긴다. 그럴 때면 농약을 왜 치는지 알겠더라. 우리는 아직 키우는 가축도 없고 생태 화장실도 없으니 순환농사는 갈 길이 먼데 땅이 박해 잘 자라지 않는 우리 밭작물을 보다가 우리 것에 비해 두 배는 더 자란 남의 밭작물을 보면 남의 집 화학비료라도 슬쩍 가져다 치고 싶은 마음이 들 때조차 있다.

언젠가 마당에 무리지어 핀 민들레를 보고 원장님이 민들레를 발로 짓뭉개며 말씀하신다. "도시사람들은 이걸 갖고 노래도 만들고 그란담서? 우린 아주 이거 미워 죽겠는디. 뽑아도 뽑아도 자꾸 퍼진당게." 그걸 보고 깜짝 놀라며 속내론 눈살을 찌푸리던 우린데, 얼마 지나지 않아 옆지기는 이렇게 투덜거린다. "콩 심은 데 풀 나고, 팥 심은 데 풀 난다." 그러면 내가 받아친다. "심은 데만 나면 다행이게? 아무것도 안 심어도 풀 난다."

이렇게 풀과의 전쟁을 벌일 때면 제초제의 욕망을 어떻게 함부로 탓할 텐가, 싶어진다. 아직 본격적인 자급농을 시작한 것도 아니고, 우리는 텃밭에 난 푸성귀 없다고 먹고살 길이 없는 것도 아닌데도 이런 판국이니, 심고 거두는 곡식이 온 식구의 밥이며 전기세며 기름값이며 금쪽같은 자식들 학비일 땐 더 말해 무엇하랴?

게다가 땡볕 내리쬐는 밭에서 마스크도 없이 농약을 치고 있는 어르신의 모습엔 도시에 살 때의 내 모습이 겹쳐 보이기 시작한다. 같은 채소라도 흠 없고 크고 잘생긴 걸로 고르느라 바쁘던 내 손. 온갖 가공식품에 든 화학물질들은 모른 척 먹어대면서 똥냄새엔 구역질하고, 화장품이니 뭐니 공산품은 카드 쓱 긁어 가며 비싸도 사 쓰면서 시장에서 콩나물이라도 사려면 한 주먹 더 달라고, 귤이라도 한 봉지 사려면 덤으로 몇 개 더 달라고 하는 게 도시사람들 아닌가? 생협이니 뭐니 유기농은 따져 가며 먹어도 농민들의 현실은 나 몰라라 하는 윤리적 소비자들에, 옆 사람의 담배연기엔 질색을 하면서 핵발전소나 송전탑을 짓는 일은 강 건너 불 보듯 하는 사람들은 또 얼마나 많은가? 그러니 제 몸이 상하거나 말거나 화학농에 기계농에 일년 열두 달 뼈빠지게 일하고도 대개 빚더미에 눌려 사는 농민들의 현실을 생각하면, 농촌과 농민을 버리다시피 한 이 나라에서 이유야 어쨌든 여전히 땅을 지키고 살아가는 사람들을 다시 볼 수밖에.

　시골에서 농사짓고 사는 삶이란 원하든 원하지 않든 상호의
존적일 수밖에 없다. 시골에서 돈이 아니라 자연의 섭리에 나
를 맡기고, 머리보다 몸을 놀려 사는 생활에 개인적이고 독립
적인 삶이란 게 과연 가능한 걸까? 멀리 갈 것 없이 아직 본격
적인 농사조차 시작하지 않은 우리 부부만 봐도 그렇다. 부부
사이에도 도시에서 살 때보다 훨씬 서로 의존하는 게 많아졌
고, 급할 땐 아이들 손도 없는 것보다는 훨씬 낫다. 시골 할머니
들이야 바깥일 집안일 할 것 없이 전천후 슈퍼우먼들이지만 나
는 그 할머니들처럼은 도저히 못 살겠다.

　도시에 살 때 우리집에서 살림은 형편이 되는 대로 네 식구
가 같이 했다. 아이들도 초등학교 입학 후부턴 최소한 자기가
먹을 기본적인 요리는 할 줄 알았고 입은 옷 빨고 청소하는 정
도의 살림은 할 줄 알았으니, 우리집에서 살림은 남자고 여자
고 아이고 어른이고 가리지 않고 덜 바쁜 사람이 했던 것이다.
물론 능력에 따라 자연스러운 분담도 이루어졌다. 김치나 장
아찌, 효소를 담그거나 나물을 갖가지 양념으로 무치는 일, 혹
은 생선찜처럼 좀 복잡한 요리는 주로 내가 했고, 주말에 아이
들과 과자를 굽거나 케이크를 만드는 등의 이벤트 요리는 주
로 옆지기가 했다. 평소 밥이나 김치찌개 된장찌개 카레라이스
처럼 흔히 먹는 음식은 주로 아이들이 하거나 아무나 시간 있

는 사람이 했다. 그런데 시골에 와서 제 몸을 직접 놀려 먹는 게 많아지고, 한번 일이 생기면 그 양도 상당하다 보니 아무래도 힘쓰는 일은 옆지기가 하고, 거두고 마무리하는 일은 주로 내가 하게 된다. 가령 밭을 일구거나 공구를 써서 선반을 만드는 일은 굳이 역할분담을 하지 않아도 옆지기가 한다면 산이나 들, 바다에서 온 먹거리들을 갈무리해서 요리하고 저장하는 일은 주로 내가 하게 되는 것이다.

때로는 자연스레 성별분업이 굳어지는 것이 아닌가 염려가 될 때도 있지만 무슨 일이든 시골 일이라는 게 혼자 하는 것보다는 같이 하는 게, 둘이 하는 것보다는 여럿이 하는 게 더 낫다는 걸 느낄 때가 많다. 우리집은 설거지하는 사람이 쌀을 씻어 안쳐야 설거지 마무리를 했다고 치는데, 그 일과 상차리기, 남은 국물이 상하지 않게 한 번 더 끓여놓기 등의 일상적인 밥살림을 아이들이 하지 않는다면 네 식구가 하루 세 끼를 같이 먹는 집에서 아마 주부는 죽어날 것이다. 식구 사이에만 이런 건 당연히 아니다.

얼마 안 되는 텃밭에서도 아랫집에서 심지 않은 아욱은 우리 걸 갖다 드리고, 우리가 심지 않은 시금치는 아랫집 할머니 댁에서 얻어 온다. 벌써 이태 전이던가? 태풍 '볼라벤'이 고흥을 강타했고, 한동안 온 마을의 전기와 수도가 끊겼다. 우리는 당연한 듯이 원장님네 요양원에 가서 물을 길어다 먹었다. 마을에서 좀 떨어진 요양원에는 전기가 나가지 않은 덕분이다. 어쩐 일인지 다른 집의 전기가 다 들어온 다음에도 전기가 들어오지 않은 아랫집 할머니네는 우리 집에서 전기를 끌어다 급한 대로 냉장고라도 켜 둬야 했다. 농사를 짓기 시작하니 더더욱 그렇다. 고양이 손이라도 빌려야 할 만큼 바쁜 농사철엔 품삯을 주더라도 품앗이를 해주는 일손이 얼마나 귀한지 모르고, 집집마다 모든 농기계를 다 갖추고 살긴 어려우니 기계삯과 품삯을 주더라도 서로서로 도와가며 지어야 한다.

본시 '개인'의 발견은 사람이 자연으로부터 분리된 근대의 산물일 터, 이래저래 의존하고 살아야 하는 시골생활에서의 이웃은 도시생활에서의 이웃과는 완전히 다른 셈이다. 시골 인심이라는 것도 시골사람들의 오지랖이라는 것도 결국 거기에서 나오는 게 아닌가? 그러니 어느 날인가부터 나는, 농한기로 시간이 많아진 어느 겨울날 소일거리 없이 심심한 노인네들이 갑자기 서울에서 이사 왔다는 새로운 네 식구에 대해 좀 궁금해하는 게 무에 그리 불편할 일이며 무슨 대수냐 싶어지기도 하는 것이다.

이제 우리는 원장님의 전화가 없어도 마을에 필요한 일이 있거나 우리 힘이 닿겠다 싶은 일이 있으면 거들러 나갈 때가 있고, 힘에 부쳐서 자신이 없을 땐 욕먹을 각오를 하고라도 그냥 집에 있기도 한다. 또 그동안 우리가 맺어 온 관계만큼, 일손이

턱없이 달려 힘들어 보일 땐 부르지 않아도 먼저 연락해서 이웃의 일을 거들러 나가기도 한다. 우연히 마을회관 앞을 지나다 회관 마당에서 나락을 져나르는 회관 뒷집 어르신을 보고 옆지기가 나락을 한꺼번에 트럭에 싣고 옮겨 드렸단다. 며칠 후 우리 집 현관 앞엔 어디서 왔는지 알 수 없는 고구마 자루가 놓여 있었다. 물론 예상대로 회관 뒷집 어르신이 갖다 놓으신 거다. 우리는 가끔씩 농담을 하곤 한다. "이렇게 얻어먹다간 농사 안 지어도 실컷 먹고 살겠어."

가랑비에 옷 젖듯이

하지만 우리에게 마을사람들에 대한 경계심이나 처음 이사 올 때의 두려움이 완전히 사라진 건 아니다. 요즘은 시골사람들의 욕망도 도시사람들의 욕망과 크게 다르지 않다. 다만 삶과 현실이 다를 뿐. 그 점은 시골사람들이 기본적으로 도시사람들에 대해 상대적 박탈감이 클 수밖에 없다는 걸 뜻하기도 한다. 노인들의 경우야 좀 다를지 몰라도 결국 시골엔 떠난 사람들과 떠날 사람들과 떠나고 싶은 사람들이 대부분인 셈이다. 그 와중에 완전히 다른 욕망으로 도시를 떠나온 우리는 시골사람들에게 외계인이나 다를 바 없지 않겠나? 한창 일할 나이에 근면성실과는 거리가 멀고 심지어 최대한 게으르게 사는 것이 우리의 목표이니 말 다했지 않은가?

그뿐인가? 시골사람들의 교육열도 도시사람들 못지않다. 요즘 시골엔 들에서 뛰어노는 아이들이 없고, 시골아이들도 요즘 무슨 꽃이 피냐고 물으면 개나리, 진달래말고는 대답하지 못하는 경우가 많다. 봄이 무르익기도 전에 창문만 열어도 동백꽃, 매화, 산수유, 생강나무꽃 등등 꽃들이 지천인 마을에 살아도 말이다. 마을마다 통학버스와 학원버스가 아이들을 실어나르는 것도 도시와 크게 다르지 않다. 그러니 더더욱 아이가 있는 시골사람들은 어떻게든 도시로, 그게 안 되면 읍내로라도 나가고 싶어한다. 그런 이들에게 멀쩡해 뵈는 아이들을 학교에도 보내지 않는 우리가 어찌 이상하지 않을까?

그러나 이제 우리의 마음은 우리가 처음 시골 마을에 왔을 때와는 천지 차이가 됐다. 남들이 우리를 어떻게 바라보건 우리의 시선이 달라진 것이다. '존경하다'라는 뜻을 가진 영어 단어 'respect'에 대해서 생각한다. 존경심이란 결국 '다시[re] 보기[spect]'에서 생겨나는 것이었구나. 우리가 처음 왔을 때랑 사람들도 모두 같은 사람들이고 조건과 현실도 별로 바뀐 것이 없지만 우리는 매번 시골에서 만나는 사람들을 다시 본다. 그리고 자주 존경심을 느낀다. 그리고 그 '다시 보기'는 타인을 거울삼아 나 자신을 다시 돌아보기에 가능해진다. 그러면서 우리는 이제 시골사람들과 부대끼며 사는 일이 조금씩 편안해지고 있는 것이다.

얼마 전 우리는 살던 마을에서 이사를 하게 됐다. 집을 팔 사정이 생긴 원장님네 집이 생각지 않게 갑자기 팔려서 집을 비워 줘야 했던 것. 시골집이라는 게 매매가 자주 이루어지는 게 아니라서 사려는 작자가 나섰을 때 팔지 않으면 팔기 어려우니 우리에겐 물론 원장님네 입장에서도 갑작스러운 일이었다. 이사할 집을 계약하고 오는 길에 오랜만에 밭에서 일하는 아랫집 할머니를 뵀었다. "엄니, 겨우내 굴 까러 다니신다고 얼굴 볼 새 없더니 오늘은 밭에 계서요?" 했다. "잉, 시금치 좀 갖구 올라가." 하시더니 일하다 말고 시금치를 캐시는 할머니한테 나는 대답했다. "시아버지 생신이라 대전 갈 거예요. 해먹을 새 없어요. 근데, 엄니. 우리 담주에 이사가요." 그 말을 들으신 할머니는 깜짝 놀라 일어나서 밭둑으로 나오시며 이런저런 사정을 물으시고, "우째야 쓰까, 서운해서 우짜끄나."를 연발하신다. 그러더니 다시 밭으로 들어가 시금치며 파며 캐시느라 정신이 없다. "집에 없을 거라 해먹을 새 없다니까요." 더 캐줄 테니 시어머니 갖다 드리라며 연신 시금치를 캐서 자루에 담으시면서 기어코 눈물을 찍어내신다. "옆집에 아무도 없다가 이웃이 생겨서 내가 우리집 며느리맹키로 의지하고 살았는디 워쩐당가. 워쩐당가."

생각지도 못했는데, 내 손을 놓지 못하는 아랫집 할머니의 흙손을 보고 있으니 나도 눈물이 났다. 나는 조금 놀랐다. 처음이 마을에 이사 왔을 때, 이웃이란 우리에게 얼마나 두렵고 갑갑한 존재였던가. 그런데 그새 이렇게 정이 들었나.

우리 식구들의 삶의 전환은 계획도 준비도 없이 단숨에 이루어진 듯 보이지만 더 생각해보면, 꽤 오랜 시간에 걸쳐 우리가 다른 삶을 욕망할 수 있도록 영향을 끼친 많은 사람들 덕분이다. 내가 실업자일 때 다시 취직하면《녹색평론》을 구독하고 싶다고 블로그에 흘린 내 말을 잡아채 나 대신 구독신청을 해 주었던 얼굴도 모르는 블로그 이웃. 이라크 파병 반대 시위에 나가면서 자기 집 플러그부터 뽑던 벗들. 내가 귀찮아서 안 쓰는 걸 뻔히 알면서도 매번 면생리대를 만들어 선물하던 친구. 수다 떨며 바느질하는 모임을 만들고 나를 끌어들여 솜씨없는 나에게 생산의 기쁨을 가르쳐 준 언니들. 우리 아이들에게 그 어떤 공부보다도 자기가 먹고 입고 쓸 것을 스스로 만들고 챙기는 공부가 우선이라 가르쳤던 선생님들. 학교에서 도예 시간에 만들어온 그릇을 어디에 둘까(전시할까) 물었더니 "그릇을 어디다 두긴 어디다 둬? 찬장에 둬야지." 하던 작은아이. 누구에게 선물할 일이 생기면 '무엇을 살까'가 아니라 '무엇을 만들까' 고심하다 축구선수가 되기 위해 전학 가는 친구에겐 종이접기로 여덟 시간이나 걸려 만든 축구공을, 생신을 맞은 할머니에겐 친구에게 얻은 구슬로 만든 비즈 반지를, 식구들 생일엔 인터넷을 뒤져가며 밀가루를 뒤집어써 가며 생일케이크를 만들어 주던 우리 아이들. 다 쓰자면 쓸 수 없을 만큼 많은 사람들이 천천히 아주 조금씩 우리를 적셔 왔구나. 거의 10여 년 전부터 자신들의 삶으로, 아주 낮은 목소리로 나를 설득해 온 사람들 중에는 10년이나 지난 지금, 내가 시골에 와서 농사짓고 살거라곤 꿈에도 생각하지 못한 사람들도 많을 것이다.

나는 우리가 시골에서 이웃들과 더불어 살아내는 것도 그랬으면 좋겠다. 가랑비에 옷 젖듯이 서로에게 천천히 조금씩 스며들기. 우리 삶의 뜻을 쉽게 바꿀 순 없고 우리 뜻을 다른 이에게 강요할 수도 없지만, 좋은 방향으로 서서히 서로에게 물들어가기. '마을사람들이 우리에게 어떤 이웃일까'도 중요하지만, 우리는 이제, '우리도 마을사람들에게 그럭저럭 괜찮은 이웃이 되었으면 좋겠다'고 생각하는 것이다.

내 인생 마지막 이사를 꿈꾸며

"아내의 가슴을 더 커지게" 하고, "아내의 S라인 몸매를 만들어 주"기까지 하는 웰빙의 삶은 "식물성의 아파트"에서 힐링과 함께 이루어지고, 아무리 "도시 속의 자연"에 살아도 홈네트워크 시스템을 갖추고 휴대전화로 깜빡 잊은 가스불을 끄면서 "이편한세상"을 포기할 수 없는 당신을 "세상은 동경"한단다. "당신이 사는 곳이 당신이 누구인지를 말해 주"며, "집은 당신의 얼굴"이라서 "높이가 다른 세상"의 "그 어떤 비교도 허락하지 않는", "수준 차이"를 드러내 준단다. "이웃도 자부

---

* 이 글은 2014년 여름에 썼다.

심"인 "당신의 삶 속으로 들어온 유럽"에서 이제 당신은 지역이 아니라 브랜드에 산단다.("일산에 살지 않는다. 제니스에 산다.") "그곳에 가면 꿈은 현실이 되"고, 아파트는 "남편도 바꾸"고, "여자의 미래도 달라"지게 한단다. 심지어 그러한 집들은 "진심이 짓는"단다.

아시다시피 따옴표 안은 아파트 광고의 문구들이다. 이렇게 적나라하게 욕망을 생산하는 세상에서 "꿈에 그린 집"을 바란 것도 아닌데 서울에 살 때 나를 가장 고통스럽게 하는 일은 몇 년에 한 번씩 으레 해야 하는 이사였다. 시작부터 방바닥에 빚을 깔고 살면서 2년에 한 번씩 치솟는 전세금을 우리의 저축은 따라잡을 수 없었고, 우리 집은 점점 더 외곽으로 밀려나 일터에서 멀어지고 있었다.

짐은 오히려 점점 늘어나고

시골에 살러 와서도 가장 힘들었던 일은 역시나 집을 구하는 일이었다. 시골에 살기로 마음먹고 나는 터를 마련해서 집을 지을 꿈에 부풀어 있었다. 언감생심, 도시에 살았다면 꿈도 꾸지 못할 일이지만 시골의 땅값이 도시와는 비교도 할 수 없을 만큼 싼 덕분이다. 하지만 시골에 살아본 경험도 없이 덜컥 땅을 사는 일은 몹시 두려웠다. 모르긴 몰라도 아직 우리에겐 살기 좋은 땅을 보는 안목도 없을 터였다. 네 식구가 손수 집을 지을 계획이고 그러지 않아도 시골집이라는 게 매매가 쉽지 않은데 이렇게 지은 집이라면 더욱 그러할 테니 한번 땅을 사서 집을 지으면 죽을 때까지 살 각오여야 했다. 많은 사람들의 도움으로 우리는 우선 터를 잡기 전에 임시로 살 집을 구했다. 지나고 생각해보니 탁월한 선택이었다. 터를 바라보는 우리의 안목도 2년 사이에 아주 많이 변했다.

어쨌거나 살고 있는 집도 마을도 임시 거처이니 첫 해는 농사를 지을 수가 없었다. 언제 이사하게 될지 모르는 상태에서 농사지을 땅을 사기도 얻기도 어려웠다. 그러니 마당 한 귀퉁이를 일궈 텃밭 농사나 지을 수밖에. 최소한 우리 식구 먹을 것은 스스로 지어 먹자 했건만, 언제나 터 잡고 집까지 지어 살며 농사를 지을 수 있을까, 시간이 갈수록 우리는 초조했다. 우리 부부는 틈나는 대로 터를 보러 다녔고, 옆지기는 날마다 집짓기 공부를 하며 네 식구가 직접 지을 집의 설계도를 매일 열댓 장씩 그렸다.

어쨌거나 이런저런 우여곡절을 거쳐 우리가 살게 된 고흥에서의 첫 집은 작은 마을 안에 있는 슬라브집이었다. 시골 마을에서 지은 지 그리 오래 되지 않은 양옥을 구한 건 꽤 큰 행운이다.

30평쯤 되는 집에 꽤 넓은 마당이 있고, 창고가 딸린 집인데도 다 부리고 살기 어려울 만큼 짐이 많았다. 거기다 꼴랑 다섯 평도 안 되는 농사에도 웬만한 농기구는 다 필요했다. 효소 만들고 막걸리 빚고 장아찌 담그며 살다 보니 항아리면 항아리, 유리병이면 유리병 등 저장용기도 엄청 필요했다. 식구들 옷을 지어 입히고 간단한 소품은 만들어 쓰다 보니 재봉틀이며 리폼한다고 모아 놓은 헌 옷이며 옷살림에 필요한 도구들도 엄청 많아졌다. 천연비누고 화장품이고 만들어 쓰는 게 늘어나면 늘어날수록 그에 따른 도구들도 생겼다. 게다가 시골 살림이라는 게 버리지 않고 모아두면 요긴하게 쓸 일이 많으니 서울에 살 때라면 곧장 재활용 쓰레기로 버려졌을 물품들도 다 모아두게 되었고, 시골에 살기 위해서 필요한 짐들은 오히려 점점 늘어났다.

귀농 초기에 옆지기가 설계도를 그리면 40평을 그려도 넉넉하지 않아 난감했다. 처음으로 우리가 살 집을 직접 짓는다고 생각하니 식구마다 나름대로 집에 대한 로망을 늘어놓곤 했는데 40평이나 되어도 옆지기의 설계도에 그 로망들을 다 담긴 난망해 보였다. 지금 생각해보면 그 로망들도 대개 허황된 것이었지만, 무엇보다 당시 옆지기가 그리는 설계도의 집 크기는 그 많은 짐이 기준이었던 탓이다.

집터를 구하기가 생각보다 어려워지니 빈집을 사서 수리해 살 생각도 없었던 건 아니다. 그래서 우리는 빈집이든 집터든 용도변경해서 집을 지을 수 있는 밭이든 산이든 닥치는 대로 보러 다녔다. 살 만한 마땅한 빈집도 없었지만, 그래도 우리가 집을 짓는 쪽으로 마음이 기울었던 이유는 딱 한 가지다. 난방비 때문이었다.

농사가 적어도 얻어 먹고 채취해다 먹고 텃밭에서 길러 먹으니 식비는 거의 들지 않았고, 필요한 것들을 대개 만들어서 쓰고 불필요한 소비를 하지 않는 쪽으로 생활습관이 바뀌면서 우리집 생활비는 엄청 줄었다. 아이들이 학교에 다니지 않는 것도 큰 부조였고, 우리 부부는 여전히 2G폰을 쓰고 있을뿐더러 열일곱 살, 스무 살인 우리 아이들은 아직도 핸드폰을 가져 본 적이 없다. 그런 우리집 생활비에서 가장 큰 비중을 차지하는 건 절대적으로 유류비다. 시골 마을에 살면서 차 시간에 맞춰 일하러 다니긴 쉽지 않으니 자동차 기름값도 만만치 않지만, 무엇보다 기름보일러를 놓은 시골집의 난방비는 생활비의 압도적 비중을 차지한다. 한겨울에도 실내온도 17도를 넘겨 본 적이 거의 없건만, 그래도 기름값은 늘 살이 떨리게 많이 들었고, 우리는 실제로 실내에서 내복에 외투를 껴입고 지내면서도 떨고 살아야 했다.

그러니 새로 지을 집을 구상하는 두번째 기준은 난방비가 적게 드는 집이었다. 서향집에 살면서 겨울에 해가 드는 시간과 들지 않는 시간에 보일러 돌아가는 게 다른 걸 확연히 체감하고 살다 보니, 집터는 반드시 남향이어야 했고 옆지기가 공부하는 집짓기 공법은 무조건 단열이 잘 되는 집이었다. 옆지기는 우리가 지을 집을 '흙집', '스트로베일 하우스' 등등을 거쳐 기술이 많지 않아도 손수 지을 수 있는 노동집약적인 '흙부대집'으로 정했다 하고, 그렇게 시작된 공부는 태양광, 태양열 등등의 대안에너지로 시작해 적정기술의 다양한 분야를 망라하게 되었다.

우리에게 땅이 있다면

그러나 우리 부부는 집터를 보러 다닐 때마다 낙심해서 돌아오곤 했다. 때로는 부동산 투기꾼들에 대한 분노가 하늘을 찌르고 여기 살 생각도 없으면서 시골에 땅을 가진 도시사람들에 대한 증오로 온종일 가슴이 부글부글 끓을 때도 있었다. 마을마다 빈집도 많고 빈터도 많건만, '저기 좋다!' 싶은 곳을 찾으면 대개 공동묘지에 가깝거나 선산일 법한 문중 땅이었다. 농약 안 치고 농사지을 궁리를 하고 있으니 화학농 하는 밭에선 좀 떨어진 터를 찾아야 했는데, 볕이 잘 드는 모든 명당자리엔 대부분 죽은 사람이 누워 있는 셈. 가까스로 묘지를 피해 찾은 적당한 땅을 찾아 알아보면 대개 도시사람들의 소유였다. 그런 땅들은 대개 부동산을 통해서 거래되고, 대체로 투기용 불로소득에 부동산업자의 농간까지 끼어들어 일반적인 시골땅에 비해 엄청 높은 가격을 부른다.

이럴 때 우리의 분노가 치솟는 건 단지 시골에 살지 않는 사람들이 시골에 땅을 가졌다거나 말도 안 되는 가격으로 나왔기 때문만이 아니다. 터를 보러 다니다 보면 시골사람들이 소유했어도 호가만 높고 거래는 안 되는 땅들이 참 많다. 그건 대개 그 마을이나 근처의 누군가가 시세보다 높은 가격으로 도시의 투기꾼에게 땅을 판 적이 있는 경우다. 그리고 그런 곳은 반드시 마을사람들의 인심이 사납다. 게다가 나름 개발 기대가 있는 지역들, 헐값에 산을 왕창 사서 골프장을 짓는다는 둥, 고흥과 여수를 바로 연결하는 다리를 짓는다는 둥 하는 통에 그 근처 땅들은 터무니없이 비싸니 역시 호가만 높고 거래는 안 된다. 그러니 의좋게 살던 마을사람들은 점점 더 인심 사나워지고, 외지인들에겐 점점 배타적이 된다. 공동체는 무너져 가고, 정작 '여기'에 발딛고 '여기 사람들'과 더불어 살아 보겠다고 도시를 떠나온 사람들은 작은 집 짓고 농약 안 치고 농사지을 만한 제 땅 한 뼘을 갖기가 참 어려운 것이다.

터를 못 구하는 바람에 고흥에 와서 1년을 본격적인 농사는 시작도 못한 채 흘려보내고, 2년째 되는 해를 맞으면서는 살고 있는 마을에 논 세 마지기와 밭 50평을 빌렸다. 집은 아직 못 지어도 농사까지 손 놓고 있을 수는 없어서다. 그렇게라도 농사를 시작하니 살고 있는 마을에서는 일이든 관계든 조금씩 익숙해져 갔지만, 여전히 임시로 살고 있다는 게 우리에겐 늘 어정정했다. 마을사람인 것도 아니고, 아닌 것도 아닌 채로 짬짬이 터를 보러 다니기를 2년.

언제부터인지는 모르겠다. 우리가 고흥에 오자마자 터를 구해 집을 지었다면 지금쯤 엄청 후회하고 있을 거라는 생각이 들기 시작했다. 우리도 모르는 사이 '집에 대한 우리의 생각'이 너무 많이 달라진 탓이다.

우선, 2년째 시골에 살다 보니 도시에서 살 때와 시골에서 살 때는 필요한 짐이 다르다. 앞에서 말한 작업 도구들과 저장 용기 등은 꼭 필요하기도 하고 많을수록 좋은 것도 있지만 그런 건 집이 넓어야 하는 게 아니라 창고가 크면 좋을 일이다. 반면 서울에 살 때 없으면 안 되는 줄 알았던 것들은 사실상 꼭 필요하진 않은 게 더 많다. 가령 방마다 놓인 침대가 그렇다. 방마다 침대를 쓰니 오히려 방이 좁아져 손님들이 왔을 때 재울 곳만 마땅치가 않다. 에어컨이니 정수기니 공기청정기니 하는 것들은 말할 것도 없고 '가능하면 전기를 덜 쓰고 먹고살아 보자' 생각하니 전기밥솥 없이도 밥 먹고 사는 데 전혀 지장이 없다. 압력밥솥에 가능하면 한 끼 먹을 밥을 하고, 바쁠 땐 찬밥을 찜기에 쪄서 먹는다.

그뿐 아니다. 도시 아파트엔 으레 빌트인으로 딸려 있는 가스오븐렌지는 있어도 장식용인 집도 많더라마는, 우리집에서는 나름 요긴하게 썼었다. 고기나 생선도 굽고 가끔씩 케이크나 과자도 굽고 살려니 오븐은 꼭 필요한 가전제품인 줄만 알았던 것이다. 임시로 임대한 시골집에 그런 게 딸려 있을 리 없으니 처음엔 그게 없는 게 참 불편하게 느껴졌었다. 그러나 놓을 데도 마땅치 않은 좁은 부엌에 이사 가면 장만하자 생각하고 없이 살다 보니 이가 없으면 잇몸으로 사는 상상력이 생겼다. 빵이나 케이크는 전기밥솥에 찌고, 고기나 생선은 석쇠에 굽고, 과자는 프라이팬에 구워 오븐 없어도 먹고 살 건 다 해먹고 살게 되더라니. 갖고 있는 짐을 기준으로 집을 설계한다는 게 얼마나 어리석은 일이었는지를 깨달은 우리 부부, 참 허탈하게 웃었다.

난방비를 줄이는 비결도 '단열'에만 있지는 않았다. 난방비를 줄이는 가장 기본적인 비결은 집 크기를 줄이는 일이다. 게다가 연료가 가장 적게 들뿐더러 시골에선 돈 주고 사지 않아도 조금만 부지런을 떨면 어렵지 않게 구할 수 있는 연료는 역시 나무다. 화목보일러야 워낙에 나무 잡아먹는 귀신이라 가능하지 않지만, 구들은 직접 나무 해다 때고 살아도 될 만큼 나무를 적게 먹는다. 게다가 요즘 사람들이 관심을 갖고 연구하기 시작한 적정기술 구들은 효율이 더 높다. 하지만 우리도 처음엔 이게 머릿속으로만 가능해보였다. 산에 가서 나무를 해오는 일이며, 시간 맞춰 매일 불을 때야 하는 일이 엄두가 나질 않더라. 2년 동안 고흥에 살면서 같이 일하고 같이 놀며 삶을 나누는 선배들이 없었다면 아마 여전히 그랬을 것이다.

'느티나무(고흥생태문화모임)'는 대체로 회원들의 집에서 돌아가며 모임을 한다. 바깥에서 돈 쓰며 모이는 것을 즐기지 않는 느티나무의 오래된 관행이다. 대개 집주인은 간단한 다과를 준비하고 참여하는 사람들은 한두 가지씩 음식을 싸가지고 와서 함께 먹고 마신다. 대개 면 단위에서 면 단위로 이동해야 하는 사람들이 차를 갖고 오기 마련이니 어떤 날은 음주운전을 피하기 위해 그 집에서 밤새 놀거나 자고 오게 될 때가 있다. 그럴 때 우리가 제일 좋아하는 집은 박샘네다. 호박, 수세미 등이 넝쿨진 마당에서 직접 키운 닭을 잡아 고아 먹거나 바닷가에 사는 회원이 캐온 바지락으로 조개탕을 끓여 먹고, 마루를 덧대어 넓어진 툇마루에서 별을 보며 놀다가 뜨끈뜨끈한 구들방에 누워 몸을 지지는 일은 놓치고 싶지 않은 즐거움이기 때문이다.

그렇게 놀러 다니다가 어느새 우리가 변하고 있었다. 생각 이전에 우리의 몸이 엄두도 내지 못했던 환경을 받아들이기 시작한 것이다. 저절로 알게 되었다. 구들을 놓은 방은 작을수록 따뜻하고, 구들방엔 굳이 크게 단열을 신경쓸 필요가 없다는 것. 오히려 지글지글 끓는 바닥에 누웠을 땐 공기가 차가운 게 훨씬 상쾌하다는 것. 80년 된 시골집을 수리해서 구들을 새로 놓은 박샘네서 자고 일어난 아침은 전날 밤 아무리 술을 많이 마셨어도 머리가 맑고 개운했다. 그 무렵, 벽 두껍게 단열을 하

고 시스템 창호다 뭐다 바람 들 틈 없이 꽁꽁 막아 놓은 구들방
에서 연기가 새어 질식사했다는 사람들의 뉴스를 들었다. 뒷뜰
에 잔뜩 쌓아 준비해둔 남의 집 땔감을 보면 내가 부자가 된 듯
기분이 좋아졌다. 그러면서 서서히 나는, 나무 해다 날마다 불
을 때는 수고쯤이야 하고 살아도 좋겠다, 싶어진 것이다.

당신이 사는 곳이 당신이 누구인가를 말해 줍니다?

그렇게 선배들 집을 오가며 지내는 동안 달라진 건 그것만
이 아니다. 처음에 선배들 집에 가면 좀 난감한 것이 화장실 때
문이었다. 대개 생태화장실을 짓고 사는 느티나무 선배들 집의
실내에는 욕실은 있어도 화장실은 없다. 밤에 화장실에 가려면
좀 무서워져서 옆지기를 대동할 때도 있었고, 익숙하지 않은
화장실에 쪼그리고 앉는 일이 불편하기도 했다. 그런데 생각보
다 냄새가 나지 않아 좀 놀라웠다. 오줌과 똥을 분리하여 따로
통에 받고, 변을 보고 나면 변기 옆에 준비해 둔 통에서 톱밥이
나 재를 덜어내 뿌리는 생태화장실은 예상처럼 더럽거나 지저
분하지 않았다. 심지어 강샘네는 양변기 모양의 변기를 쓰고,
벽에는 달력과 메모판이 걸려 있고, 책을 꽂아두는 선반도 있
어서 여느 수세식 화장실 못지않다. 그것도 처음에는 머리로만,
생태화장실도 생각보단 괜찮네, 했었다. 그런데 다섯 평에서 오
십 평으로 밭이 조금 늘었다고 더이상은 발효시킨 음식물쓰레

기만으로는 거름이 안 되니 어느 날부터인가 우리는 네 식구가 먹고 싸서 양변기에 흘려버려지는 똥이 아까워죽겠다 하더라니. 요즘 옆지기가 그리는 우리집 설계도엔 당연히 실내 화장실이 없다. 단지 나는 요즘 옆지기에게 조르곤 한다. "어떻게든 처마를 연결해서, 비 오는 날 화장실에 갈 때 제발 우산은 안 쓰고 가도 되게 해 주라."

무엇보다 나는 박샘네서 놀 때, 툇마루에 앉아 별이 쏟아지는 마당을 향해 다리를 달랑거리며 누구의 눈치도 보지 않고 담배 연기를 내뿜고, 상쾌한 밤공기를 들이마실 때처럼 행복할 때도 별로 없지, 싶다. 지금 나에겐 그런 툇마루에 대한 로망이 생긴 대신, 내가 예전에 집에 대해 어떤 로망을 가졌었는지를 어느새 잊어버렸다.

채취가 됐든 농사가 됐든 내 손으로 거두는 게 많아지면서 집에 대한 생각은 또 여러 모로 달라진다. 논이나 밭에서 일하다 집에 돌아왔을 때 양옥집 부엌은 장화를 벗고 거둬온 작물을 얼른 부엌에 들이기에 무척 불편하다. 농작물은 물론, 냄새 나는 홍합 망태기를 내려놓기도, 바지락 바구니를 내려놓기도 마땅찮다. 한 자루나 되는 농작물을 다듬을 때도, 해산물을 씻어 손질할 때도 마찬가지다. 나는 그제서야 농사가 기본인 시골집의 정주간이 왜 마루 바깥에 있고 신발을 신고 드나들게 지어졌는지 알겠다는 생각이 들었다. 뿐만 아니라 방만이라도 구들을 놓아 에너지를 적게 쓰고 살겠다고 마음먹고 보니 생각은 다시 옛날 한옥의 부엌으로 뻗친다. 생각해보니, 한 번 불을 때서 취사와 난방을 동시에 해결했던 옛날 부엌이 에너지효율로는 최고였던 것이다.

하지만, 아직도 편리함에 익숙해진 나에게 생태적으로 좋은 것이 무조건 좋은 것만은 당연히 아니다. 시골에서 우리가 꿈꾸는 대로 사는 일이라는 게, 어찌 보면 끊임없는 깨달음과 끊임없는 타협 사이 어디쯤에 있는 것 같다. 이미 집을 짓고 살아 본 사람들, 특히 여자들의 얘기를 들어보면 나는 더욱 갈등이 많아진다. 대개 생태적으로 살아 보겠다고 농사짓고 사는 사람들 사이에서도 집에 대한 생각은 저마다 차이가 있다. 대개는 남성과 여성의 생각이 좀 다르다. 물론 이 차이는 반드시 성차에서 온다기보다는 그 집에서 어떻게 성별분업이 이루어지고 있는지에 따라 다른 거다. 거의 전적으로 몸을 놀려 사는 시골 생활이라는 게 아무래도 도시 생활보다는 성별분업이 많아지는 것도 사실인데, 꼭 그럴 필요가 없는 경우에도 집안 살림은 여자들 담당인 경우가 많다 보니 아무래도 집에 관해서는 대개 여자들의 욕구가 까다롭다.

뿐만 아니라 자급농 규모 이하의 농사를 짓는 사람들과 농사를 생업으로 하는 사람들 사이에도 작지 않은 차이가 있다. 느티나무엔 김샘을 제외하면 아직 농사를 생업으로 하는 사람이 없다. 조금씩 농사일을 하고는 있어도 대개 자급농의 범위를 넘지 않는다. 그런 사람들이 방에 구들을 놓는 것은 에너지를 적게 쓰고 난방비를 줄여 보겠다는 이유가 첫번째다. 물론 그 이유가 아니라도 구들방 좋은 줄은 당연히 알지만, 만일 그보다 더 난방비가 적게 드는 집을 지을 수 있다면 아마 나는 구들방을 포기할 수 있을 것이다. 그러나 농사를 생업으로 하는 언니들의 경우는 나와 전혀 다르더라. 새벽부터 저녁까지 밭에서 일해야 하고, 집에 와서도 온갖 살림을 이어가야 하는 언니들에겐 단추 한 번 누르면 금방 방이 따뜻해지고 뜨거운 물이 펑펑 나오는 보일러는 쉽게 포기할 수 없는 편리함이다. 그런 집에도 흔히 하나쯤은 구들방이 있지만 그 경우에 구들방은 오히려 농사로 지친 몸을 지지기 위한 옵션에 불과하더란 사실.

심지어 연령대에 따라서도 집에 대한 생각의 차이가 있었다. 10대나 20대인 자식을 두고 있는 언니들의 경우, 이구동성으로 "집은 작게 지어야 한다"고 강조한다. 난방비 걱정은 물론이고 집이 넓으면 청소하고 관리하기만 어려울뿐더러 커가는 아이들이 집을 떠나는 경우가 많기 때문에 더더욱 그러하다. 나와 나이 차가 많지 않은 언니들은 모두 부부가 둘만 남아 살고 있는 경우가 많아 빈 방도 많은 것이다. 그런데 올해 환갑인 언니 한 분만 생각이 달랐다. 그 언니의 경우엔 자식들이 이미 장성해서 제 가정을 이루었고 본가다, 친정이다 해서 찾아오는 때를 생각하더라. "손주들까지 오면 잘 데도 마땅찮고 집이 좁은 게 얼마나 궁색한데 그래?" 하고 정색을 하시는 언니. 그 말에 다른 언니 한 분이 볼멘소리를 내쏟는다. "1년에 몇 번이나 온다고, 그놈들 때문에 휑하니 큰 집 지어 놓고 살라고? 그 많은 펜션은 됐다 뭐하게?" 그 말에 모두 "맞아, 맞아." 하며 깔깔대고 웃었지만, 그날 이후 나는 집에 대한 생각이 좀더 복잡해졌다. 어떤 집을 지을 것인가는 결국 어떻게 살 것인가와 조금도 다르지 않은 질문이라는 것. "당신이 사는 곳이 당신이 누구인지 말해 준다"는 광고 문구를 역겨워했지만 다른 관점에서 생각하면 아주 틀린 말만은 아니었던 것이다.

정말로 아파트가 바꾸어 놓은 것들

지금 우리는 읍내 아파트에 살고 있다. 처음에 살던 시골마을 집이 갑자기 팔리는 바람에 엄동설한에 갑자기 오갈 데가 없어졌다. 아직 터를 구하지 못했으니 집을 언제 지을지도 모르는데 갑자기 집을 살 수도 없었고, 수리비가 많이 드는 빈집을 빌릴 수도 없었다. 무엇보다 월세는 부담이 되니 전처럼 무상임대이거나 전세로 살 수 있는 집을 구해야 했다. 이사 날짜는 다가오는데, 당시 고흥군 전체에 전셋집이라고는 지금 살고 있는 아파트가 유일했다. 선택의 여지가 없었다.

어디서 사나 이사는 심란한 일이지만, 시골집 살림을 읍내 아파트로 옮기는 이사는 그야말로 아찔한 일이었다. 사다리차와 전문가의 도움이 필요한 몇몇 큰 짐 때문에 어쩔 수 없이 포장이사를 선택했지만, 말이 포장이사지 짐싸기와 정리엔 전혀 도움이 안 된다. 창고와 마당 곳곳에까지 널부러져 있고 쌓여 있는 시골짐들을 아파트에 몽땅 옮겨야 하는 일은 거의 신공을 필요로 했다.

읍내라도 먼저 살던 마을에서 15킬로미터쯤 떨어져 있을 뿐이고, 창을 열면 숲부터 보이는 집으로 이사왔는데도, 순식간에 아주 많은 것이 달라졌다. 집주인에게 잔금을 치르려고 집주인이 하는 가게에 앉아 창밖을 보고 있자니 고작 2년 만에 읍내는 우리에게 별천지다. 두부 한 모를 사려면 왕복 16킬로미터를 운전하고 다녀와야 하는 곳에 살았으니 집에서 두부를 만들지 않는 한 우리는 두부요리조차 안 해먹고 살았다. 그런데 여긴 이제 전화 한 통이면 짜장면이든 피자든 치킨이든 배달이 가능한 곳이다. 길가에 줄지어 선 주차금지 팻말이며, 반대쪽 인도를 점거하다시피 한 불법주차 차량들이며, 아디다스, 네파, 필라, 블랙야크……, 일 보러 자주 다니던 길인데도 '고흥에도 저런 게 다 있었구나.' 어이없게도 새삼스러운 발견이었다.

이사하고 나서 가장 먼저 맞닥뜨린 건 뜻밖에도 쓰레기와의 전쟁이었다. 시골에 와서 살면서 나는 가끔 놀랄 때가 있었다. 철마다 워낙 먹을 게 지천이다 보니 집집마다 제 때에 다 먹지 못하고 버리는 음식이 꽤 되더라는 사실. 처음에 나는 그럴 때마다 자책감이 들어 쩔쩔맸었다. 그런데 시골사람들, 그런 일에 아무렇지도 않아 하는 것 같더라. 오래 지나지 않아 왜 그런지 알게 되었다. 시골에서 사람이 다 먹지 못한 것은 개나 돼지 등 짐승이 먹고, 짐승이 다 먹지 못한 것은 고스란히 다시 밭으로 간다. 이런 순환 속에 사는 사람들은 음식을 함부로 대하는 것이 아니라 오히려 남은 음식을 쓰레기로 여기지 않는 거다. 거두어 먹고 남은 것은 물론 미처 다 거두지 못한 채 밭에 남은 것들을 갈아엎는 일도 태반이니 말이다. "음식 남기면 죄 받는다"는 어른들 말씀도 결국 도시적인 삶의 산물이었나, 싶어졌었다.

시골집에 살 땐, 타는 건 화덕에 넣어 태우고 재활용할 건 분리수거하고 나머지는 대개 마당 구석에 모았다가 썩으면 밭으로 보내던 것들이 이젠 대부분 쓰레기봉투로 들어가야 했다. 읍내에 살지만 여전히 산이나 들에서 먹을 것을 얻는 우리집엔 시시때때로 홍합, 소라, 바지락 등이 생기는데, 며칠 전까지만 해도 마당에 조개총이 되었다가 부수어져 밭으로 가던 그 부피 큰 것들을 쓰레기봉투에 넣자니 난감하기 이를 데 없다. 꼴랑 손바닥만 한 밭이라도 농사를 짓는 삶과 짓지 않는 삶은 하나에서부터 열까지 정말 천지 차이더라니.

그뿐 아니다. 사람의 미감이라는 것도 참 상대적이다. 이사

오기 전에 살던 집도 한옥은 아니었는데, 그 집에서는 아무렇지도 않던 것이 아파트에서는 꽤 지저분해 보여서 '어디에 숨길까' 찾게 된다. 가령 거실에 떡하니 쌓아 놓고도 뿌듯하기만 하던 쌀가마니, 아이들이 목공을 배울 때 그리 좋지는 않은 목재로 만들었던 수납장들, 옆지기가 며칠 고생해 만들어서 깔끔해졌다고 좋아했던 앵글로 짠 선반……. 한편 그 집에서는 별 것도 아니었던 것들이 아파트에 데려다 놓으니 다시 보이기도 한다. 가령 일반 세탁기에 비해 옷감도 쉬 상하고 천연염색할 때도 쓸 수 없어서 투덜거리기만 했던 드럼세탁기. 먼지 뒤집어써 가며 창고 한구석에 놓여 있던 그것이 아파트 세탁실에 설치되니 '흠……, 테이프 자국도 닦아내고 깔끔히 써야겠군.' 싶어지는 것이다. 새삼스럽게 식탁에 있는 흠집을 가리려고 이사오기 전엔 귀찮아서 서랍에 처박아 뒀던 식탁보를 꺼내 씌우게 되더라.

가만히 생각해보면 좀 어이가 없다. 칠을 하거나 꾸미지 않은 채 쓰다가 낡아서 그렇지 아이들이 원목으로 공들여 만든 책꽂이보다 그깟 MDF에 시트지나 붙여놓은 책장이 더 거실에 어울린단 말인가? 그런데, 확실히 이 아파트에선 그게 더 깔끔해 보인다. 책장이 문제가 아니라 사실, 집이 문제인 거다. 속에 포름알데히드가 들었든 아토피나 암을 유발하는 뭐가 들었든 깔끔하게 덮어 버리면 그만인 이 아파트를 이루고 있는 온갖 것들이 얼마나 많을까? 소박함과 아름다움이 반드시 배치되는 것은 아니지만 내가 깨끗하다고 느끼는 것, 내가 아름답다고 느끼는 것이 대체 어떤 삶으로부터 연유한 것인지, 그것들이 과연 깨끗하고 아름다운 것인지는 가끔 돌이켜봄직하다.

읍내 아파트로 이사오고 나서 느낀 가장 충격적인 변화는 우리가 다시, 옆집에 누가 사는지에 상관없이 살고 있다는 거다. 뭐라도 생기거나 급히 필요한 게 생기면 우선 아랫집으로 뒷집으로 뛰어가 나눠쓰고 빌려쓰며 살던 우리가, 이제 그럴 때면 차를 타고 가야 만날 수 있는 면 단위에 사는 벗들을 먼저 떠올리게 된다. 시골 마을은 옆집이라도 좀 떨어져 있고, 아파트는 벽 하나를 사이에 두고 있으니 거리로 따진다면 훨씬 더 가까운데도 그렇다. 한번은 채취해 온 홍합 두 망태기를 든 채로 엘리베이터에서 옆집 아줌마를 만났다. 옆지기는 반갑게 인사를 하고 홍합 한 망태기를 아줌마에게 건넸다. 옆집 아줌마는 고맙다며 받긴 했지만, 그걸로 그 이상의 관계가 이어지진 않았다. 한 동밖에 안 되는 아파트에 살면서 가끔 반상회로 모이는 사람들인데도 1년이 되어 오도록 단지 안에서 만나면 형식적인 인사를 나누는 이상의 관계가 만들어지지 않는다. 참 이상했다.

이유는 아파트 집들의 닫힌 구조에 있었다. 전부 똑같이 생긴 집인데도 문을 닫고 들어가면 그 집이 어떻게 꾸며져 있을

지 알 수 없는 구조. 닭장처럼 따닥따닥 붙은 집에서 방음이 부실한 벽이나 층간 소음으로 고통을 받을지언정, 열린 대문 사이나 낮은 담장 너머로 언제든 안부를 묻거나 무언가를 주고받을 수 없는 집. 게다가 대부분 읍내에서 직장을 다니거나 장사를 하고 있는 사람들은, 농사를 짓는 사람들과 달리 전혀 서로를 필요로 하지 않았다. 우리는 우리가 선의로 나눠준 홍합이 옆집에서 별식이 되었을지 처치 곤란인 천덕꾸러기가 됐을지도 알 수 없었다.

다른 삶은 과연 가능할까?

어쨌거나, 우리의 이사 소식을 듣고 서울의 친구들이 하는 농담처럼 '주거 환경이 녹색사회주의자에게 미치는 영향'을 연구할 것도 아니고, 나름 작정하고 그 먼 서울에서 삶터를 옮겨 왔는데 기껏 읍내의 아파트에 살게 됐다고 생각하니 한숨이 절로 나왔다. 무엇보다 시끄러워 살 수가 없다고 투덜거리는 날이 많아졌고 다시 밤이 환해진 것도 견디기 힘들었다.

아파트, 내 몸과 생각을 지배하기 시작한 이 끔찍한 욕망덩어리는 불과 50년도 안 되었다. 길게 잡아야 백 년? 먼저 살던 마을의 뒷집 할머니는 서울사람들에게 팔려면 그래야만 한다면서 40킬로그램 한 가마쯤 되는 콩을 쏟아놓고 일일이 손으로 고르고 계셨다. 콩을 싣고 나갈 이동수단이 없을뿐더러, 돈 주고 콩 선별기에 넣어 고르기엔 비교적 적은 양의 콩을 수확했기 때문이기도 하지만, 그보다는 평생 그렇게 해 왔기 때문에 으레 그렇게 하시는 것이다. 나는 내 어머니의, 어머니의, 어머니의, 어머니……의, 몇 백 년 아니 몇 천 년의 기억들이 내 몸 어딘가에 저장되어 있을 거라 믿고 싶어졌다. 여전히 나도 편리한 거 좋아한다. 그러므로 나는 '불편함'을 선택한 게 아니다. 그러나 나는 진정, '다른 삶'을 욕망한다.

우리는 다시 집터를 구하는 마음이 몹시 급해졌다. 읍내 아파트로만 이사와도 사람살이가 이렇게 다른데 시골에서 농사를 짓고 살겠다면, 누구라도 다른 사람의 도움 없인 살기 어렵다. 결국 얼마 전 우리가 터를 마련하기까지도 2년이 넘도록 얼마나 많은 사람들이 시간을 내고 마음을 써 주셨나. 늘 우리 부부가 등대삼고 사는 선배들은 말할 것도 없지만, 가까이는 느티나무 회원들부터, 멀리는 농민회 회원들까지 자기가 살고 있는 마을은 물론 몇 다리를 건넌 지인들을 동원해서 우리가 살만한 터를 수소문해 주었다. 지인들만 그랬던 것도 아니다. 가끔씩 외지인에게 배타적인 기운이 느껴져서 마음이 쫄아들던 마을도 있었지만, 아직도 정감 있는 시골마을에선 따뜻한 어르신들을 많이 만났다. 무작정 맘에 드는 마을에 찾아가 아무나 붙잡고 "엄니, 이 마을에 살 만한 빈 집 없어요?" 여쭈면, 일하시다 말고도 나를 데리고 빈집이나 터를 둘러보게 해주시던 할머니들, 문중 땅이지만 팔려는지 알아봐 주시겠다고 굳이 그 문중 '유사'를 찾아 연락해 주시던 할아버지. 그뿐 아니다. 옥천 마을에도 지남마을에도 우리가 그렇게 무작정 들렀던 대부분의 마을에서 꼭 한두 분씩 만났던 할머니들을 나는 잊을 수가 없다. 울퉁불퉁 주름진 손으로 내 손을 붙잡고 "이 고운 손으로 이 시골구석엔 뭐할라꼬 살러오겠다능가. 여자는 시골 살믄 참말로 고상스러블턴디……." 하며 애처로워하시던 할머니들. 그렇게 시작되는 할머니들의 서사는 나에게 아무도 기록하지 않은 역사였고 나는 때때로 그런 할머니의 손을 맞잡고 찔끔 눈물을 흘리기도 했었다.

결국 우리가 사게 된 집터도 김샘의 후배와 친구분들을 돌고 돌아 마을 이장님이 선친이 사시던 집터를 내어놓으신 거다. 그곳에 집을 지으려면 우리에겐 꼭 필요한 아래 터도 이장님이 나서서 우리가 살 수 있도록 주선해 주셨다. 아무리 요즘 시골이 예전 같지 않네, 산업화와 기계농 이후 시골도 도시와 다를 바가 없어졌네, 할 때가 많아도 농사짓고 사는 삶과 사람들 사이에서 내가 느끼는 것은 서울에서 느끼던 것과는 천양지차다.

막상 집터가 생기고 보니 계획했던 집짓기 공법도 완전히 달라진다. 집터를 구하기 전에 옆지기는 '흙부대집'을 지을 생각이었지만, 우리 집터가 있는 마을엔 찰진 흙이 흔하지 않다. 그 대신 대부분 벼농사를 지으니 짚은 어렵지 않게 구할 수 있다.

그러니 '흙부대집'은 '짚버무리집'으로 바뀌게 되는 것.

집터가 생겼지만, 무너져가는 축대부터 터를 정리해야 하는 일이 만만치 않다. 집터와 이어진 밭을 사서 집과 연결된 길을 만들고 나서 집을 지으려니 밭주인 할머니가 이미 심어놓으신 콩을 수확할 때까지 기다리기도 해야 한다. 가능하면 전문가의 손을 빌리지 않고, 네 식구가 직접 집을 짓겠다 했으니 아직 공부할 것도 많다. 토론과 다툼을 거듭한 끝에 가까스로 우리 부부는 합의한 설계도를 그려냈지만 막상 터를 닦고 집을 짓기 시작하면 어떤 집이 지어질지는 아직 아무도 모른다. 지금 살고 있는 아파트의 전세 계약이 만료되기 전에 어떻게든 집을 지어 보겠다고 마음먹었으니 우리 부부, 때때로 초조하기도 하고 경험도 없이 손수 집을 지을 일이 심란해지기도 한다.

하지만 우리는 이제 꿈꾸고 있다. 우리 인생의 마지막 이사를.

손이 전하는 말, 그리고 질문

'DIY(Do It Yoursesf)'라는 말이 처음 유행하기 시작했을 때 그 말은 나에게 두 가지 얼굴로 동시에 다가왔다.

텔레비전이나 여성지에 자주 등장하여 보통아줌마들 기죽이는 데 일조하는 이른바 살림의 여왕. 나는 나도 모르게 고개를 외로 꼬며 "팔자좋은 아줌마들의 고급 유희?"라고까지 했을라. "직장생활과 육아만으로도 늘 시간이 모자라 쩔쩔매는데 여기서 뭘 더?" 가사노동이란 이 사회가 여성에게 짐지운 천형인 줄

---

* 이 글은 2014년 가을에 썼다.

만 알던 때였다. "쳇, 이런 게 죄다 여성의 사회활동을 막고 성별분업을 공고히 하는 수작이라구."

한편, DIY라는 단어 자체가 어떤 결연한 심상으로 나를 자극할 때도 없진 않았다. 소비중독 시대에 '나에게 필요한 건 내가 만들어 쓴다'는 말은 때때로 없던 자립의지라도 불끈 솟게 할 법하지 않은가? 이런 심상은 주로 우리 아이들의 모습으로 나에게 왔다. 당시 초등학교에 다니던 아이들은 웬만한 장난감도 직접 만들어쓰곤 했다. 친구집에서 '블루마블'같은 게임을 해보고 온 아이는 집에 와서 이면지에 그림을 그려 직접 보드게임을 만들었고, 아이의 보드게임은 '블루마블'에서 시작해 '도전, 에너지 제로!'까지 주제를 바꿔가며 진화해 갔다. 크리스마스트리라도 만들자고 내가 "반짝이랑 별 같은 재료는 내가 사올까?" 하면 "집에 색종이 많아." 하는 아이들. 색종이, 이면지, 구슬 등등 아이들 서랍 속에 보물단지 모셔 두듯 모아 놓은 잡동사니들이 우리 아이들에겐 때때로 요긴한 재료로 변신했다.

이런 아이들에게서 나는 자주 보기좋게 한방씩 얻어맞으면서 가사노동을 왜 '살림'이라고 불러 왔는지에 대해 성찰하기 시작했지만 여전히 내 생활은 '살림의 여왕들'과 '우리 아이들'의 이미지가 뒤죽박죽 엉킨 것과 비슷했다. 모처럼 시간이 나면 효소도 담그고 바느질이라도 내 손으로 하려고 했지만 대개 돈으로 때울 수 있는 건 돈으로 때워서라도 간신히 이어가는 살림이었다.

재주가 없으면 뜯는 걸 두려워하지 말자

정작 내 생활이 바뀐 건 서울을 떠나고부터. 적게 벌고 적게
쓰는 삶을 목표로 시골에 왔으니 무엇이든 자급을 해 보자는 목
표도 함께 생겼다. 학교에 다닐 때부터 실과나 공작 같은 과목
엔 영 재주도 취미도 없었던 내가 뭐 하나라도 직접 만들 수 있
는 기술 따위를 가졌을 리 없다. 하지만 요즘은 인터넷 바다에
정보가 하도 많아서 마음만 먹으면 뭐가 됐든 얼마든지 배울 수
있다. 나는 우선, 바느질부터 시작하기로 했다. 하루가 다르게
커 가는 아이들 옷을 더이상 얻어입힐 데가 없었기 때문이다.

옷부터 만들 엄두가 나질 않아 우선 작은 소품에 도전했다.
이때쯤부터 전 같으면 아파트 헌옷함에 던졌을 물건들을 차곡
차곡 모아 두는 습관이 생겼다. 남한테 주기에도 낡은 옷들은
옷 전체가 아니라 부분적으로 닳거나 해져서 못 입는 경우가 많
다. 옷에 달려 있는 겉주머니들, 허리춤의 고무줄, 아직 멀쩡한
프릴이나 레이스 등도 떼어 두면 요긴한 부자재가 된다. 청바지
는 꽤 튼튼하고 멋진 소품재료가 되고, 소매끝이나 깃이 닳아서
못 입는 남방은 몸통 부분을 잘라 쓰면 청바지에 잘 어울리는
배색 옷감이 된다. 강의하러 다닐 때 A4 파일이 들어갈 만한 큰
것이 필요해서 만든 내 가방, 적어 두지 않으면 잊어버리는 게

많아져서 종이를 묶어 만든 다이어리와 다이어리 커버, 통장지 갑, 반짇고리 등은 모두 재활용 천과 부자재로 만들었다.

어느 날은 침대에 깔고 자는 패드가 낡아서 보풀이 많이 생겨 바꿔야 했다. 잘 때 땀을 많이 흘리는 아이들을 생각해서 좋은 재료가 없을까 고민하다 생각해낸 게 장롱 한 구석에 쌓여 있는 수건들이다. 이음새가 도드라지면 깔고 자기에 불편하니 수건 가장자리 매듭을 일일이 풀어 바느질로 이었다. 땀 흡수가 잘 되어 보송보송하니 침대 패드로도 좋고, 여름 이불로도 그만이다. 어쩌다 빨아 널어 놓은 그 패드를 보고 있으면 참 재미있다. 누군가의 회갑, 누군가의 돌잔치, 누군가의 개업식, 무슨 모임 체육대회 등 온갖 사연을 모아 놓은 패드다.

드디어 옷을 만들 때가 왔다. 가장 먼저 옆지기의 작업복이 필요했다. 밭일을 할 때는 햇볕이 뜨겁고 벌레가 많기 때문에 여름에도 덥지 않은 긴팔 옷을 입어야 한다. 가장 만만해 보이는 우리옷 일복을 만들기로 했다. 근데 옷감을 사려고 인터넷을 찾아보니 가격이 만만치 않다. 모니터로만 보고 옷감을 고르는 것도 쉽지 않았다. 수없이 클릭을 하다 찾아낸 원단이 의류학과 학생들이 쓰는 실습용 광목. 한 마에 1,700원이니 옆지기 옷 한 벌 만드는 데 5,000원이면 된다.

아무리 일복이라지만 광목 그대로 만든 옷을 입힐 순 없어서 천연염색을 알아본다. 다행히 지인 중에 천연염색 전문가가 있어서 꽤 유용한 정보를 얻었다. 초보자가 하기에 제일 쉽다는 먹물 염색. 폐타이어로 만드는 싸구려 먹물은 물도 잘 안 들고 몸에도 나쁘니 화방에 가서 송연묵을 사란다. 문방구 먹물보다 비싸게 느껴져도 그거 한 병이면 옷 여러 벌을 염색할 수 있어 오히려 경제적이란다. 언니가 알려준 방법대로 먹물 염색을 해 본다. 세탁기에 물을 받은 상태에서 옷감과 먹물을 넣고 세탁 기능만 눌러 먹물을 푼 물이 맑아질 때까지 돌린다. 가끔씩 세탁 버튼만 다시 눌러주고 기다리면 세탁물은 맑아지고 옷은 짙은 회색이 된다. 새 옷감은 어차피 한 번 빨아서 마름질을 해야 빨았을 때 옷이 주는 것을 방지할 수 있는데 염색을 위해 세탁기를 돌렸으니 일거양득인 데다 이렇게 쉬울 수가. 한 벌에 1만 원도 안 되는 돈으로 옷을 만들어 주니 옆지기는 작업복으로 입긴 아깝다며 한동안 외출복으로 입고 다녔다.

한창 외모에 신경쓸 나이의 아이들에게 우리옷만 입으라고 할 수는 없으니 주먹 불끈 쥐고 이번엔 양재에 도전! 티셔츠와 고무줄바지로 시작해서, 요즘은 후드티와 진바지도 만들어 입힌다. 모두 인터넷 덕분이다. 하지만 여전히 한 번 옷을 만들 때마다 도대체 몇 번을 박았다 뜯고 다시 박기를 반복하는지 모른다. 내게 무슨 특별한 손재주가 있어서 이러고 사는 줄 안다면 대단한 오해다. 옷을 보면 전개도가 저절로 그려져야 편한데 나는 공간 지각력이 떨어지는 편이라 전에 만들어 본 옷도 수십 번씩 뒤집어 봐야 하고, 재주는 메주인데 손은 느린 편이다. 그런 주제에 성격은 꼼꼼해서 뭘 해도 대충은 하지 못하는 것도 환장할 노릇이다. 나는 마치 신조라도 되는 것처럼 주문을 왼다. '재주가 없으면 뜯는 걸 두려워하지 않으면 된다.'

실습용 광목을 벗어나면 옷감도 그리 싸지 않다. 계절에 따라 다르긴 해도 인터넷 쇼핑몰에서 옷감은 대개 4천 원에서 시작해서 비싼 건 한도 끝도 없다. 역시 수없는 클릭 끝에 만세를 부른다. "거봐, 뜻이 있으면 길이 있다니까~" 일명 '묻지마원단'을 찾아낸 것. 주로 아이들 옷을 만들어 입히는 주부들이 충동구매로 원단을 사서 그대로 쌓아놓고 살다가 한꺼번에 방출을 하거나, 원단업체에서 재고를 싸게 내놓는 경우다. 보통 열 마에서 스무 마 단위로 다양한 원단을 한꺼번에 내놓으니 선택이 제한적이긴 하지만, 그 와중에도 꽤 쓸 만한 옷감을 건질 수 있다. 가격은 쇼핑몰에서 파는 일반 원단에 비해 엄청 싼데 어떤 경우엔 2만 원에 산 원단으로 네 식구 추리닝을 모두 짓고도 티셔츠 몇 벌은 더 지을 만큼 남았다. 그러니 계절이나 옷의 용도에 따라 다르기는 하지만 식구 옷 한 벌을 짓는데 재료비는 대부분 1만 원 안짝이다.

그런 옷감으로 내 옷도 만든다. 서울에 살 때는 격식이 필요할 때 정장을 입고 평상시엔 대개 청바지에 티셔츠 차림으로 다녔다. 시골에 와서 살다 보니 이제 청바지조차 불편할 때가 많다. 정장은 몽땅 꺼내 장터에 내놓았고, 활동하기 편하면서도 강의 나갈 때도 손색없는 옷이 필요했다. 가오리 원피스를 만들고, 레깅스도 만든다. 내 옷을 내가 직접 만들어 입는 일은 뜻밖에 힐링이 된다. 우선 옷을 살 때마다 '사이즈'에 주눅들 이유가 없어졌다. 디자인이나 스타일을 선택하는 것도 이젠 자유다. 같은 디자인이어도 다른 원단으로 만들면 같으면서도 다른 옷처럼 보여서 나만의 개성이 생기기도 한다. 가끔씩 친구들이 "이런 특이한 옷은 대체 어떻게 만들었어? 잘 어울리네." 하면 "내가 손재주는 없어도 감각은 좀 있잖아?" 하면서 어깨를 으쓱.

속지 말자, 화려한 비누 레시피

바느질에 이어 내가 영접한 건 천연세제의 세계. 아이들은 아토피로, 옆지기는 탈모로 고민이었다. 그러던 중 나는 우연히 《대한민국 화장품의 비밀》이라는 책을 읽는다. 이렇게 아찔하고 억울하고 창피하고 화가 날 데가! 여자들이 흔히 쓰는 화장품은 기초만도 기본이 3종 세트다. 거기에 온갖 기능성 화장품도 대개 한두 가지씩은 갖고 있다. 욕실엔 또 얼마나 뭐가 많은가? 폼클렌징, 비누, 샴푸, 린스, 바디클렌저, 바디로션……. 그런데, 그게 다 소용없는 짓인 데다 비싼 돈 들여 내 얼굴과 몸에 독을 처바르는 거였다니! 나는 우선 화장대와 욕실 다이어트에 돌입했다. 색조화장품은 일절 쓰지 않기로 하고 기초화장품은 세수로 미처 닦이지 않은 찌꺼기를 닦아내는 화장수, 내 피부타입에 맞는 로션 하나로 줄였다. 천연제품을 골랐는데도 불필요한 걸 없애 가짓수를 줄이니 오히려 전보다 비용이 훨씬 적게 들었다. 그리고 욕실 선반에 가득 늘어서 있던 온갖 종류의 세제는 몽땅 버렸다. 이제 내 화장대는 아주 간편해졌고, 우리집 욕실엔 내가 만든 천연비누 한 장, 가을에 감 따다가 담가 놓고 린스 대용으로 쓰는 감식초 한 병, 이 닦을 구운 소금이 전부다.

천연비누를 만들어 보겠다고 인터넷을 뒤지니 온갖 종류의 레시피가 나돌고 있었다. '뭐가 이렇게 복잡해?' 처음엔 엄두가 나질 않았다. 다행히 읽은 책이 관점을 잡아 준 덕분에 용기를 냈다. 맘먹고 공부를 하다 보니 인터넷에 나도는 비누 레시피가 복잡한 이유는 따로 있었다. 재료상에서 비싼 원료들을 팔아먹으려면 당연히 원료의 종류가 많고 레시피는 복잡해야 했던 것. 흔히 하는 비누공예 강좌의 어이없는 함정도 알게 되었다. 결론부터 말하자. 첫째, 아주 저렴한 비용으로도 질 좋은 천연비누를 만들어 쓸 수 있다. 둘째, 절대로 속지 말자, 모양 예쁜 천연비누. 셋째, 다시 한번 속지 말자, 화려한 비누 레시피.

그런 의미에서 이른바 '녹여붓기' 비누는 천연비누라 하기 어렵다. 가성소다를 쓰지 않으니 만들기 쉽고, 하루 만에 만들 수 있을뿐더러 비누틀에 따라 모양 예쁜 비누를 만들 수 있어

대유행인 비누다. 그러나 시중비누가 몸에 나쁘다는 이유는 두 가지다. 애초에 사용하는 원료가 좋지 않은 동물성 기름이라는 것. 그리고 비누화 과정에서 생기는 글리세린이 기계화를 방해하기 때문에 정작 보습에 중요한 성분인 글리세린을 따로 분리해서 화장품 회사에 팔아먹고, 남은 원료에 계면활성제, 향료, 색소 등 온갖 석유계 화학물질을 첨가하여 만든다는 것. 그런데 '녹여붓기' 비누의 주재료인 비누소지도 결국 공장제품이다. 도무지 정체를 알 수 없는 주재료에 비싸기만 할 뿐 정작 비누 효능에는 별 의미도 없는 천연첨가물을 넣어서 돈 들이고 시간 들여 만드는 게 '녹여붓기' 비누인 셈이다. 이른바 '주물럭비누'라고 하는 것도 별로 다르지 않다. 이것 역시 가루비누를 사서 각종 첨가물을 넣고 반죽하여 갖가지 모양의 비누를 만드는 방법인데 그럴 바에야 나는 그냥 천연비누를 사서 쓰지, 싶다. 복잡하게 느껴진다면 일단 모양이 화려하고 예쁜 비누들은 별 도움이 안 된다고 생각하면 쉽다. 천연비누를 써 봐도 아토피나 피부질환에 효과가 없다고 호소하는 사람들에게 물어보면 십중팔구는 이런 방식으로 만든 비누를 써 본 경우더라.

천연비누의 주재료는 기름과 가성소다(혹은 가성가리)다. 내가 어떻게든 재료상의 농간에 놀아나지 않기 위해 거품빼는 비누 레시피에 용맹정진해 본 결과, 비누의 성능은 99퍼센트, 베이스로 쓰는 기름이 좌우한다. 주로 욕실에서 쓰는 고체 비누를 만들 때는 기름과 가성소다를 사용해서 저온법으로, 세탁기세제나 주방세제 같은 액체 비누를 만들 때는 가성소다 대신 가성가리를 사용하여 고온법으로 만드는데 이렇게 만든 비누라야 진짜 천연비누라 할 수 있다. 인터넷엔 기름의 종류와 효능은 물론 가성소다나 가성가리 값도 그림과 도표로 정리해서 한눈에 보기 쉽게 해 준 정보가 넘쳐나고 비누를 만드는 방법도 사진을 곁들인 친절한 설명이 엄청 많다. 그러니 때가 잘 씻기고 보습에도 좋으면서 단단하고 거품 잘 나고 쉽게 상하지 않는 천연비누를 단 서너 가지 기름만 섞어도 만들 수 있다.

덕분에 찬찬히 공부하고 시행착오를 몇 번 겪고 나니 100그램짜리 한 장에 1천 원 안짝의 비용이면 충분하다. 아침저녁으로 머리끝부터 발끝까지 씻는 네 식구가 1인당 한 달에 한 장 정도 비누를 쓰니 이렇게 만든 천연비누는 시중비누보다 싸고, 각종 욕실용 세제를 몽땅 없애버린 걸 계산하면 싸도 한참 싼 셈이다. 만들기에 익숙해지기까지 시간과 노력이 좀 들고 숙성·건조에 한 달 정도 걸린다는 단점이 있지만 익숙해지면 한꺼번에 40여 장의 비누를 만들어도 서너 시간이면 충분하다. 이렇게 만들어 놓은 천연비누는 갑자기 선물할 일이 생겼을 때 제법 기특한 효자다. 가끔 지인들에게 선물을 했더니 아토피 피부염이 있거나 탈모로 고민하는 친구들은 제발 좀 만들어서 팔라고 성화들이다. 근본적인 치료제가 되진 않아도 일단 몸에

나쁜 걸 끊고, 천연성분으로 만든 비누를 사용하는 것만으로도
확실히 도움이 되는 것 같다.

살림을 죽임의 시장에 내맡겨서야

이런 식으로 필요한 걸 스스로 만들어 쓰는 습관이 들고 보
니, 생활의 기술을 되찾으려고 노력하는 사람들을 꽤 만나게
된다. 요즘은 DIY라는 말 대신 'DIT(Do It Together)'라는 말이
돌기 시작했는데, 적정기술과 생활기술의 세계는 참 놀랍고도
신비로웠다. 나는 내가 정보를 얻고 고민을 나누는 사람들을
통해 에너지 적게 쓰고 사는 일에 관심이 커져 《음식디미방》,
《산림경제》 같은 책을 들여다보며 전기 없이 먹고살던 시절의
저장법을 공부하기도 한다. 뿐만 아니라 얼마나 많은 사람들이
다양한 연구를 하고 있는지, 그리고 거기서 그치지 않고 자기
연구와 기술을 아무런 대가 없이 나누고 있는지에 매번 감탄한
다. 각종 사진·동영상은 물론 해외자료들을 친절하게 번역까지
해서 공유하는 사람들도 있다. 덕분에 나는 조만간 베틀을 만
들어 직조에 도전해볼 요량이고, 고흥에서 여는 대안장터에 바
구니 짜기의 달인을 모셔다가 바구니 만드는 법을 배우려고 계
획하고 있다. 마침 지역에 이런 기술을 여전히 간직한 어른이
계시니 이런 분을 만나고 함께 모여 배우는 일이 세대를 잇는
사회적 관계를 만들기도 하겠다.

생활기술에 대한 옆지기의 관심도 나 못지않다. 삼 년째 손수 집짓기 공부를 하는 옆지기는 특히 에너지를 적게 쓰는 적정기술에 대한 관심이 지대해서 나무를 덜 쓰고도 화력이 좋은 화덕을 만들었고, 고흥에서 사람들을 모아 적정기술 난로나 화덕을 같이 만들고 나무 먹는 귀신이라는 화목보일러 효율을 높이는 개조 작업을 조직하기도 한다. 필요한데 맘에 드는 물건을 보면 제일 먼저 '저건 어떻게 만드는 걸까?'부터 생각하는 걸 보면 우리 부부는 이제 우리 아이들을 닮아 버렸다. 집을 짓고 나면 집에서 쓸 가구들도 천천히 하나씩 직접 만들 생각이 든다. 생선을 놓을 만한 사각접시가 없어서 늘 아쉬웠는데 클릭 몇 번이면 집까지 배달될 인터넷 쇼핑몰을 두고 이젠 '시간 나면 눈여겨 보아둔 도예원에 가야지.' 한다. 체험비 1만 원에 약간의 재료비 정도면 배워서 만든 그릇을 구워까지 주는 도예원이 다행히 고흥에도 있다.

이 모든 일의 시작은 '돈 좀 안 벌고 살고 싶어.'였지만, 막상 이런 일을 하는 과정에서 나는 조금씩 눈을 떠 간다. 나는 요즘 바느질만 한 명상이 없다고 느낀다. 내 손을 꼼지락거려서 무언가를 생산하는 동안 복잡했던 내 마음이 달라지는 것도 놀라운 일이고, 그렇게 만든 생산물이 주는 성취감은 상상 이상이다. 생각도 많이 달라졌다. 가사노동이 여성의 전유물인 사실이 문제의 전부가 아니라는 것. 남성이든 여성이든 살림을 죽임의 시장에 내맡기고 사는 것을 우리는 너무도 당연하게 여겨 왔다는 자각.

뿐만 아니다. 나는 새삼스레 자본주의를 미학적 관점에서 바라보게 되고 전에는 사치라고까지 느꼈던 '아름다움'에 대해서도 눈을 뜬다. 깔끔하다 느끼던 사물에서 유해성분을 먼저 보게 되고, 구질구질하다 느끼던 낡은 것을 재료삼아 새로운 사물을 탄생시키는 일에 들뜨기도 한다. 어느 날인가는 고만고만한 아파트가 늘어서 있는 옥상에서 빨래를 널다가 생각했다. '아, 양계장의 닭장! 사람이 어쩌다가 이렇게 추하고 흉물스런 곳에 살게 되었을까? 사람이 어떻게 이렇게나 자기 자신에게 잔인해졌을까?' 기술도 경험도 없이 손수 집 지을 일이 영 걱정스럽던 마음에 새삼 도전정신이 불타오른다.

하지만 막상 이렇게 살아 보니 애초에 내가 DIY라는 말에서 느꼈던 양면성의 정체를 마주칠 때도 많다. DIY 시장이 대체 얼마나 커진 건지, 검색을 하다 보면 정작 필요한 정보는 한참 걸려야 찾게 되고 몇 페이지씩 눈앞에 뜨는 건 온갖 쇼핑몰과 상품 광고다. 그걸 가져야만 전문가가 될 것만 같은 온갖 도구들, 정작 꼭 필요하지도 않은 비싼 재료들, 충동구매를 부추기는 온갖 웰빙 유혹들, 차라리 그냥 완제품을 사 쓰지 왜 돈들이고 시간 들여 만들어 쓰는지 알 수 없는 키트상품들, 심지어 경력단절이 된 주부들의 절망감을 이용해 장사하는 온갖 자격증 장사들까지. 이런 식이면 소비를 넘어서는 게 아니라 새롭게 형성된 시장의 먹잇감이 되어 돈은 물론 아까운 시간까지 고스란히 갖다바치는 꼴이다.

그래서 나에겐 절대로 놓치지 않으려는 몇 가지 원칙이 생겼다.

첫째, 무엇을 만들고자 할 때 가장 먼저 질문부터 할 것. '이게 꼭 필요한 것인가?' 그리고 늘 확인할 것. '나에게 필요한 건 내가 결정한다. 그리고 꼭 필요하지 않은 건 사지도 만들지도 않는다.'

둘째, 사서 쓰는 것보다 적은 비용이 들지 않는다면 만들지 않을 것. 돈 좀 적게 쓰고 살자고 뭐든 직접 만드는 건데, 사는 것보다 돈이 많이 들거나 비슷하다면 굳이 만들어 쓸 이유가 없다. 이 생각을 늘 염두에 두고 뭘 만들어야, 오히려 새로운 상상력도 생기고 유용한 정보를 찾는 능력도 점점 늘어간다. 시골살이는 요긴한 재료를 얻는 데도 새로운 상상력을 얻는 데도 큰 도움이 된다.

셋째, 현재 시점에서 내가 하고 있는 DIY의 한계를 자각하고 그것까지 남들과 공유할 것. 가령 천연비누의 원료가 되는 기름이 몽땅 수입산이라는 게 그런 숙제다. 지역에서 생산가능한 원료가 아닌 이상 지속가능성을 생각하면 결국 좀 허망한 생각이 든다는 것이다. 비누를 만들 때면 늘 만들기 방법과 과정을 공유하면서 이 고민도 함께 떠들었더니 때때로 고흥에 사는 선배들이 동백씨도 따다 주시고, 유채씨도 따다 주신다. 버려도 좋으니 실험해 보라는 응원이다. 아직까지 다양한 수입산 원료로 만든 것보다 좋은 비누를 만들진 못하고 있지만, 지혜를 모아 한계를 극복해 보려는 노력은 꽤 중요하다고 생각한다. 그런 의미에서 나름 운동하는 단체들에서조차 DIY 시장의 홍보대사가 된 줄도 모르고 이런저런 강습을 열면서 시간 없는 여성들 기나 죽이는 짓을 벌이는 건 정말이지 그만둬 줬으면 좋겠다.

이렇게, 살던 대로 살아도 괜찮은 걸까

한편, 이렇게 사는 일엔 몇 가지 고민이 더 있다. 가령 옷살림만 해도 그렇다. 옷살림을 직접 하자니 재봉틀이 필요했다. 몇 년에 걸쳐 고민하긴 했지만 나는 결국 오버록 재봉틀도 장만한다. 그러기까지 얼마나 계산기를 두드려댔는지 모른다. 이 재봉틀 값이면 기성복 몇 벌을 살 수 있는 것인가? 그 다음엔 재봉틀 두 대를 올려 놓고 일할 넓은 작업대가 필요해졌다. 원단을 펼쳐 놓고 마름질할 공간도 넓어야 한다. 아무리 꼭 필요한 것만 장만한다 해도 알게 모르게 필요한 소도구들도 꽤 된다. 목공에 도전하고 싶지만 아직까지 참고 있는 이유도 사실상 여기에 있다. 뭐가 됐든 수공에 필요한 온갖 도구들과 공간을 생각하면 자칫 배보다 배꼽이 더 커질라, 싶은 것. 그러다가 생각했다. '집집마다 그런 도구들을 몽땅 갖추고 각자 자기 식구에게 필요한 물품을 생산하여 자급한다면 과연 그게 자본주의를 넘어서는 방식일까?'

이럴 때 나는 마을을 상상한다. 그래서 나에게 마을 만들기는 당위가 아니라 절실한 필요다. 자전거로 15분 이내에 갈 수 있는 거리에 다양한 공방이 있었으면 좋겠다. 개인이 사기엔 비싼 도구들을 공동으로 장만하여 갖추고, 함께 쓰고 함께 일하며 서로 배울 수 있는 공방. 굳이 강좌 같은 걸 따로 열지 않아도 내가 거기서 비누를 만드는 동안 어깨너머로 누구나 천연비누 만드는 법을 배울 수 있고, 누군가 거기서 작업대를 만드는 동안 또 내가 어깨너머로 자연스럽게 목공의 기술을 익힐 수 있었으면 좋겠다. 나는 가끔씩 우리 마을회관을 어떻게 꾸며볼까 공상에 빠진다. 나한텐 당장 필요 없지만 누군가에겐 필요할지 모르는 온갖 재활용품을 잘 손질해서 누구나 갖다 놓아도 좋겠다. 그렇다면 그곳은 나에게 뭔가 필요해지면 우선 뛰어갈 수 있는 공간이겠지. 집집마다 책장에 넘쳐나는 책들을 모아 작은 도서관을 만들어도 좋겠다.

'마을 만들기'의 다양한 실천과 사례들이 있지만, 아직까지 내 생각은 공상에 불과하다. 우리 부부는 고흥에서 뜻이 맞는 벗들과 모여살 방법을 찾기 위해 엄청 노력을 했지만, 모여살기는커녕 김샘 한 분 사시는 마을과 그리 멀지 않은 마을에 간신히 집터를 얻기까지도 2년이 넘게 걸렸다. 애초에 뜻이 맞는 사람들끼리 목적의식적으로 새로운 마을을 형성하지 않는 한, 내 공상은 불가능에 가까운 일인지도 모른다. 그러나 그렇게 마을을 새로 만들어서 목적을 이룬다 해도 자칫 그 마을은, 끼리끼리의 게토에 불과해진다는 문제가 남는다.

뿐만 아니다. 우리는 모두 자기 '소유'에 익숙해서 '공동'소유에 관한 훈련이 되어 있지 않다. 사람마다 물건을 사용하는 습관도 다르고, 공동소유의 물품을 함께 사용하는 일에도 엄청난 연습이 필요하다. 내가 우리 식구들에게 갖는 가장 큰 불만 중 하나도 사실 이 문제다. 나는 자주 "어떻게 내가 10년을 써도 새 것 같던 물건을 다른 식구가 쓰면 한 번을 써도 10년 쓴 것처럼 만들어 놓느냐"고 투덜거리고 식구들은 "물건이 쓰려고 있는 거냐, 모시고 살라고 있는 거냐"며 투덜거린다. 우리의 노동과 소비, 그리고 함께 살기에 대한 근본적이고도 구체적인 천착이 세상을 바꾸고자 하는 모두의 화두가 되지 않는 한 참 풀기 어려운 숙제다.

하지만 나는 생각한다. 세월호 참사 이후 아주 많은 사람들이 '이게 나라냐?'고 물었다. 슬픔과 분노, 이기적인 안도와 죄책감을 동시에 안고 우리는 무수한 질문을 맞닥뜨렸다. 대체 국가란 무엇인가? 내가 거기에 있었다면 어떻게 했을까? 나는 가만히 있었을까? 안내방송과는 다르게 행동했을까? 나는 혼자 살겠다고 탈출했을까? 끝까지 다른 이들을 구하려 했을까? 만일 거기에 '선생님'들이 없었다면 아이들은 어떻게 했을까? 그래도 아이들은 그대로 '가만히 있었'을까? 질문은 또 질문을 낳고, 그 어떤 질문에도 답하지 못한 채 또다른 질문들이 이어졌다. 우리를 통제하고 착취하는 덴 일사불란한 국가 시스템이 우리의 생존과 안전을 지키는 덴 완전히 무너져 있다면, 그렇다면 우리에겐 우리를 지켜줄 '사회'가 있는가? 그것도 아니라면 우리가 서로 도와 살아남을 '공동체'는? 심지어 각자도생밖에 길이 없단 한탄도 심심치 않게 들려왔지만 과연 우리는, 다른 문제는 제치고라도 나 혼자라도 살아남을 능력은 있는 건가?

실시간으로 전세계의 소식을 알 수 있는 정보화 시대, 우주를 탐사한다는 첨단과학의 시대에 우리는 배가 기울면 무조건 갑판으로 뛰어올라가야 한다는 사실도, 구명조끼를 미리 입고 있으면 배에 물이 들어왔을 때 걸어서 탈출할 수 없다는 기본적인 상식도 없이 살고 있다. 이미 여러 사람이 언급한 바 있지만, 구미에서 불산가스 누출 사고가 일어났을 때 그 위험을 제일 먼저 알아차린 것이 사고를 일으킨 회사도, 국가도, 고명하신 전문가도 아니고 한 사람의 '농민'이었다는 것은 매우 시사적이다. 마을 이장이 소가 침을 흘리는 것을 보고 긴급히 마을주민들을 대피하게 하였으나 국가는 엉뚱한 기준치를 적용해 안전 판단을 내렸고 주민들을 복귀시켰다고 한다.

대다수의 아이들이 새벽부터 밤중까지 학교로 학원으로 돌아치고 있지만 먹고, 입고, 쓰고, 살아가고, 위험에서 살아남을 수 있는 능력에 대해서는 아무도 가르치지 않는다. 오로지 몸으로 살 때만 경험으로 배울 수 있는 지혜는 더이상 우리에게 없다. 과학은 오로지 시험지에 정답을 맞히기 위해서 필요할 뿐. 아무리 과학이 발달해도 우리는 자연의 이치를 거스르며 살 수 없고, 그 이치대로 살려면 하늘의 무늬를 읽을 줄 알아야 한다. 시골에 살아 보니 과연 그렇다. 똑같은 밭에 농사를 지어도 해마다 결과는 완전히 다르고, 똑같은 바다라도 작년에 준 것과 올해 주는 것이 다르다. 아무리 인문학 열풍이 불어도 사람의 무늬를 읽을 수 있는 사람은 이제 매우 드물다. 사람과 마주 있어도 첨단 기계에만 코를 박고 있는 사람들은 서로 돕고 기대야 할 사람들과 관계를 맺고 유지하는 일엔 매우 무능하다. 관계의 실패를 제도에 기대거나 어떤 명분으로 뒤바꾸는 일도, 자기 말만 들어 달라는 징징거림을 공론화라 부르는 일도, 무엇이든 자기 뜻대로 안 되면 민주주의가 아니라고 떠드는 일도 이제는 너무 흔한 일이 되었다.

자본주의는 정치경제적으로 확고부동해 보이는 '체제'임과 동시에, 우리의 24시간과 모든 공간을 지배하는 '삶의 양식'으로서도 굳건하다. 주로 후자에 도전하는 사람들이 탈정치화 경항을 보일 때도 무척 답답하지만, 주로 전자에 도전하는 사람들 대다수가 우리 삶의 양식을 바꾸는 일엔 전혀 관심이 없다는 사실엔 때로 절망감을 느낀다.

그래서일까? 서툰 솜씨로 필요한 것을 만들 때마다 내 손이 자꾸만 묻는다. 이런 세상에 살면서 소비로 대체된 생활을 되찾고, 생활을 위한 기술과 능력을 살려내는 일이 과연 '팔자좋은 사람들의 유희'로 치부되어야 할까? 이런 능력과 지혜를 나누는 것으로 더불어 사는 연습부터 시작해 보자는 게 과연 국가와 자본에 면죄부를 주는 한가한 소리일까? 물론 우리 모두가 그렇게 살자면 '노동시간 단축'은 기본 전제가 되어야 할 것이다. 그러나 나는 생각한다. 그러니 더더욱 이제는 미루지 말고 질문해야 하지 않느냐고. 더이상 도무지 생존도 안전도 보장되지 않는 사회에 살고 있는 우리의 생활양식은 이대로 괜찮은 거냐고. 내가 어떤 방식으로든 연대하고 있는 크고작은 모든 투쟁에도 나는 묻고 싶다. 우리의 투쟁은 과연 맞는 방향으로 가고 있는 거냐고. 우리는 이제 어떻게든 '제발 일하게 해 달라'가 아니라 '일 좀 그만하고 살자'고 싸워야 하는 건 아니냐고 말이다.

내가 읍내에서 '세월호특별법 제정을 위한 1인시위'를 하고 있을 때 아는 고등학생 한 명이 지나가다 나를 보고 물었다. "어차피 아무것도 달라지지 않을 텐데 선생님은 왜 1인시위를 하고 계세요?" 선생님 혼자 애쓰는 것 같아 화가 난다는 아이가 내 대답을 기다리지도 않고 이어 말했다. "4·16 이후, 선생님들도 그렇고 많은 어른들이 우리에게 미안하다고 말했지만, 아무것도 달라지지 않았어요. 수업도 똑같고 보충도 똑같고 야자도 똑같고, 어른들이 우리에게 원하는 것도 똑같고, 제가 벌점을 받아야 하는 이유도 똑같아요." 나는 차마 고개를 들 수 없을 만큼 부끄러웠고, 나에게 아이의 말은 차라리 절규로 들렸다. 이제 우리는 정말로 우리 자신에게 물어야 하는 것은 아닐까? 이렇게, 살던 대로 살아도 괜찮은 거냐고.

돈, 돈? 돈!

　　"시골에선 정말 돈 없이도 살 수 있어?"

　　귀농을 꿈꾼다는 사람들이 묻는 가장 대표적인 질문이다. 결론부터 말한다면 그럴 리가~! 해마다 연말이면 다음 한 해살이를 계획하기 위해서 가계부를 정리하니 한번 따져볼까?

가계부 연말결산

　　우선 식비. 돈 없이 먹고사는 이야기는 앞서 충분히 했지만 그래도 쓰는 돈이 전혀 없진 않다. 굴 없는 철에 생일 미역국에

---

* 이 글은 2015년 초에 썼다

나 넣으려고 사는 쇠고기, 간식 재료로 떨어뜨리지 않는 우리 밀가루, 아주 가끔 별식을 만들 때나 사는 스파게티 면 정도가 돈 주고 사먹는 거니 평소 장보기 비용은 따질 게 별로 없겠다. 철마다 술을 담글 땐 한 박스에 8만 원짜리 전통소주(강주)를 쓰는데 1년에 한 박스 정도. 효소를 담글 때 쓰는 유기농설탕 20킬로그램 정도? 양념들은 해가 지날수록 살 게 줄지만 고춧가루 빻는 비용, 깨 털어오면 기름을 짜거나 가루내는 비용 정도는 식비에 넣는 게 맞겠다. 그러니 도시에 사는 사람들이 한 달 쓰는 총 식비면 우리 집 1년치 정도 되지 않을까?

하지만 시골에 사는 사람이라고 모두 식비가 이렇게 적게 드는 것은 아니다. 물론 도시에서처럼 집에서 해먹어도 식재료를 전부 사야 하고 하루 한두 끼는 매식을 하는 집하고는 비교도 할 수 없겠지만, 이웃한 선배네 생활비 얘기를 듣고 깜짝 놀란 적이 있다. 그 집에 마실가면 늘 샌드위치나 과자, 과일 같은 간식을 대접받는다. 우리 집에선 구경할 수 없는 제과점 식빵이 그 집엔 떨어지는 날이 별로 없다. 이런 게 아주 사소한 것 같지만 알고 보면 대단히 큰 생활습관의 차이를 보여준다. 그 언니네는 기본적으로 먹거리를 시장에서 사고 자연이나 이웃에서 얻는 게 덤이지만, 우리 집에선 먹거리는 돈 주고 사는 게 아니라서 특별한 경우가 아니면 집에 없는 건 그냥 안 먹는다는.

두번째로는, 가만히 있어도 통장에서 빠져나가는 기본적인 것들. 농지 원부가 생기고부터 건강보험료는 50퍼센트 감면혜택을 받고 있다. 시부모님을 포함하여 우리 식구가 쓰는 통신비는 핸드폰, 집전화, 인터넷 모두 합쳐서 약 5만 원 정도. 아이들은 핸드폰이 없고 우리 부부는 폴더폰을 고집하는 데다 시부모님과 우리 부부가 같은 통신사를 이용해서 적용받는 할인 덕분에 인터넷과 집 전화는 무료로 사용한다. 취사용 가스요금과 전기요금이 있지만 식구들이 꽤 아껴 쓰는 편이다.

시골 생활비에서 가장 무시무시한 건 역시 기름값이다. 도시가스가 없으니 대개 기름보일러나 화목보일러를 쓰는데, 아무리 아껴쓰고 살아도 난방비엔 적지 않은 돈이 든다. 교통비도 마찬가지. 지역마다 다르긴 하지만 마을에서 읍내까지 다니는 버스가 한 시간에 한 번씩 있는 마을이면 대단히 교통이 좋은 편이다. 면소재지나 읍내까지 다니는 버스가 하루에 네다섯 번 정도인 마을이 대부분인 데다 저녁엔 대개 일찍 끊긴다. 게다가 읍이나 면소재지에 볼 일이 있는 게 아니라 면 단위 마을에서 다른 면 단위로 움직여야 할 때 대중교통을 이용해서 시간 맞춰 다니는 것은 거의 불가능에 가깝다. 심지어 나와 옆지기가 각자 할 일이 많아지면서부터는 차 한 대로 움직이기 어렵고, 집짓기나 농사일엔 트럭이 필수이기도 해서 우리 집에도 차가 두 대가 되었다. 다만 두 대가 모두 화물차다 보니 세금은 승용차 한 대일 때보다도 적게 나오긴 하더라. 큰 도움이 되는 것은 아니지만 농민에게 주는 면세유도 받고 있다.

시골에 살아도 문화생활은 하고 사니 다음은 문화비. 여건이 좋지 않은 지역에 살다 보니 뭔지 모를 박탈감이 생겨서 그런지 오히려 문화생활의 욕구는 더 커지는 경향이 있다. 서울에 살았다면 보고 싶은 영화도 놓치는 경우가 태반인데 시골에 오고부터는 오히려 챙겨서 보러 가려고 노력도 하게 되었다. 하지만 순천까지 나가야 하는 번거로움과 교통비, 외식비 등 가외비용을 생각하다 보면 순천에 볼 일이 있을 때 문화생활도 한꺼번에 몰아서 해결하려고 애쓰는 편이다. 전처럼 책값을 아끼지 않을 수 있는 상황이 아니니 책 욕심 따위와 과감하게 결별하는 것도 쉽지만은 않은 일이었다. 네 식구 모두 책은 일단 무조건 도서관에서 빌려 읽는 게 우리집 원칙. 그리고 우리 식구는 전부 월례행사처럼 월말이면 도서관에 희망도서 신청을 한다. 시골에 와서야 책은 공공재여야 한다는 생각이 자연스레 들었고, 그 후론 읽고 싶은 책이 있거나 없거나 부러 신간 도서 목록을 챙겨가며 희망도서 신청을 한다. 그러다 보니 우리 식구들은 도시에 살 때와 달리 책이나 영상물을 빌리러 도서관을 제 집처럼 드나드는 편이고, 그렇게 읽은 책 중에서 꼭 소장하고 싶은 책이나 학습용 책만 따로 챙겨서 산다.

아이들이 학교에 다니지 않는 건 매우 큰 부조다. 단순히 학비 등이 들지 않는다는 뜻에서만이 아니라 유행 따라 필요한 게 생기는 아이들이 아닌 것이 그 이유다. 작은아이가 잠깐 고등학교 진학을 고민할 때 했던 얘기가 떠오른다.

"엄마, 만일 내가 학교에 가면 핸드폰 사 줄 거야?"

"왜? 학교에 다니면 필요할 것 같아? 꼭 필요하면 사 줘야지."

"아니, 필요하지 않은 건 마찬가진데 혼자만 없어서 튀는 게 싫을 것 같아."

여기까지만 따져보면 생활비는 서울에 살 때에 비해 엄청나게 줄었다. 그러나 어느 집이나 그렇듯이 생활비에서 압도적 비중을 차지하는 또하나의 비용이 있으니 이른바 품위유지비 아니겠나?

품위유지도 현물로

시골에 오자마자 가장 난감했던 건 그동안 하고 있던 후원을 중단하는 일과 후원의 의미로 구독하던 정기간행물을 줄이는 일이었다. 내적 갈등이 꽤 컸다. 묘한 자책감도 들었고, 직장을 그만두고 시골에 살러 온 우리의 선택에 대해 자신감이 사라지는 느낌마저 들었다.

뿐만 아니라 온갖 경조사도 챙겨야 하고, 이른바 교제비도 필요했다. 명절이나 가족 행사, 혹은 이런저런 볼일로 장거리 출타를 할 때마다 쓰는 돈이 때로는 우리 집 한 달 생활비와 맞먹었다. 우리가 귀농한 뜻과 형편을 아는 사람들을 만날 때는 배려를 받기도 하지만, 직장을 때려치우고 귀농을 할 때 하늘이 무너지는 듯 눈물바람을 하셨던 양가 부모님들께 걱정을 끼치지 않으려니 오히려 서울에 살 때보다 챙겨야 하는 비용이 더 들기도 했다.

고흥에 온 지 꼭 1년이 지났을 때 지금처럼 한 해 생활비 내역을 따져보곤 정말 깜짝 놀랐다. '농사 안 짓고 얻어만 먹어도 실컷 살겠네.' 했는데, 웬걸? 굳이 항목까지 분류해 가며 따져 보니 식비조차 엄청났던 것. 한 번 손님치레에 쓰는 비용이 우리 집 한 달 생활비를 웃돌더라니. 멀리서 온 반가운 손님에겐 특별한 대접을 하고 싶어지기 마련이다. 그게 어쩌다 한 번이라고 여겼는데, 막상 셈해 보니 한 달에 한 번 꼴이었다. 나도 모르게 서울사람들만 만나면 언제고 꼭 쉬러 오라 말하게 되는데 이러다간 사람 오는 게 반갑지 않겠다 싶어졌다. 그때부터 마음을 고쳐먹었다. 우선 먹을 것이 생기면 어쩌다 올 손님 몫까지 챙겨 부지런히 저장을 하고 아껴먹기도 하지만 기본적으로는 손님이 와도 없는 걸 사서까지 내놓지는 않는다. 그래서 우리 집에 놀러와서 맛난 걸 먹고 가는 건 순전히 운에 달렸다. 어쩌다 제철 음식도 없고, 냉동실마저 텅텅 비어 있을 때 놀러 온 운 없는 친구에겐 그냥 고흥에서 가장 맛있고 싼 식당을 소개해 주는 배짱이 생기고서야 손님 맞는 마음이 편해졌다.

시간이 지날수록 자연에서 생기는 게 많아지니 체면치레나 인사치레는 못 하고 살아도 일상적으로 나누고 사는 건 훨씬 더 많다. 또 돈으로 하다가 끊거나 줄였던 후원은 시시때때로 보내는 현물로 대신하게 되었다. 통장에서 자동이체로 후원금이 빠져나갈 때는 그저 개인적인 연대였던 일이, 현물로 후원을 하고부터 주변의 이웃들과 함께하는 연대가 된 것이 재미있다. 쌀을 수확하고 나면 쌀을, 홍합을 많이 캐오면 홍합을 보내고, 유자를 많이 따오면 유자차를 담가 보내는 식이다 보니 고흥에서 함께 일하는 사람들이 자연스레 그 사실을 알게 되고 이제는 "보낼 때 이것도 같이 보내라"면서 주시는 게 많다. 왼손이 하는 일을 오른손이 모를 때보다 의미 있는 연대가 만들어지는 기쁨도 배운다. 큰 공장이 없다 보니 상대적으로 노동문제에 관심이 적었던 고흥의 지인들과 노동문제를 같이 생각해보는 계기가 되기도 하고, 녹색에만 관심이 있었던 사람들이 적녹동맹에 관심을 갖는 계기가 되기도 하는 것 같다.

하지만 철마다 지인들에게 뭘 좀 보내고 싶거나 현물 연대를 하고 싶을 때도 망설이게 될 때가 있다. 택배비 때문이다. 받을 사람 입장에서야 참 얼마 안 되는 돈인데 시시때때로 여러 사람에게 보내는 입장에서는 나름 부담이 크다. 착불로 보내려고도 생각해 봤지만, 막상 보낼 때가 되어 받을 사람을 하나하나 따져보면 그것도 좀 난감할 때가 많다. 가을걷이했으니 수확한 쌀을 나눠 투쟁사업장에 보낸다 했더니 고흥에서 너도나도 보탠 쌀이 모이고 보니 여섯 가마였다. 20킬로그램짜리 스물네 자루다. 택배비만 15만 원. 이걸 어쩌나 쌀을 쌓아 놓고 한숨을 쉬다가 SNS에 사정을 토로했더니 택배비 연대라며 친구들이 후원을 해 주기도 했었다.

양가 부모님들을 대하는 일에도 변화가 불가피했다. 부모자식 간에도 체면치레, 인사치레는 필요한 법이지만 더이상 돈으로 때우는 효도는 하지 않기로 했다. 대신 도시에 있는 부모님과 형제들에게 고향노릇을 하게 되었다. 쌀, 보리쌀, 참깨, 들깨, 검은콩, 흰콩, 고구마 등등 대놓고 먹는 주곡이며 양념은 물론 철따라 우리가 먹는 것들은 대개 부모님들도 같이 드신다. 그래서일까? 농사의 '농'자도 모르는 것들이 웬 시골이냐며, 그것도 가는 곳이 고흥이라니 하필 귀양살이도 안 가는 곳이냐고 혀를 차시고 우리 사는 곳에 처음 오셨던 날은 밤새도록 우시던 부모님들도 좀 달라지셨다. 피차에 도시에 살면서도 우리가 서울에 살 때는 김치며 양념이며 우리 먹을거리를 늘 챙기시던 시어머니는 철따라 필요한 걸 이제 우리한테 찾으신다. 이제는 거꾸로 "이건 나도 생전 안 먹어 본 건데 어떻게 해 먹는 거냐?" 전화를 하시기도 한다. 작년엔 일 년 드실 쌀을 갖다 드리니 "그까짓 쌀, 얼마나 한다고……." 하시며 역정을 내시던 시아버지도, 올가을엔 먼저 전화하셔서는 "쌀은 현미로 몇 포대, 백미로 몇 포대"라 주문까지 하시더라.

어쨌거나 아무리 적게 쓰고 살아도 돈 없이 살 수는 없다. 생각지도 못했던 병원비가 들기도 하고 시아버지 팔순이 돌아오기도 한다. 결국 네 식구가 고정적으로 매달 쓰는 생활비말고도 이렇게 저렇게 쓰는 비용을 모두 합쳐 월평균으로 계산해보면 한 달에 약 150만 원 정도인 것 같다. 아마도 에너지 효율을 최대로 고려한 집을 지어 이사하고 나면 자급은 더 늘어나고 생활비는 더 줄 것이다. 하지만 아무리 자급하는 생활을 목표로 한다고 해도 식구 중 누군가는 돈을 벌어야 한다.

처음 돈 벌러 간 날의 약속

고흥에 와서 처음으로 돈을 벌러 갔던 일이 떠오른다. 공사로 헝클어져 있는 학교도서관의 책장을 다시 줄맞춰 배치하고, 마구잡이로 쌓이고 묶인 책 2만여 권을 문학, 역사, 과학, 사회과학, 어학 식으로 대분류하여 정리하는 일이었다. 오전 9시부터 오후 5시까지 여덟 시간 일하고 일당 8만 원이라고 했다. 책을 만지는 일도 즐거웠고, 오랜만에 하는 육체노동도 즐거웠다. 부부가 함께 일하며 같이 키득거리고 같이 투덜거리는 일도 재밌었다. 번호별 분류가 맞지 않는 책을 제대로 분류해 넣으면서 농담따먹기도 하고, 책 묶음을 풀어 분류하는 동안 손에 잡힌 책들이 불러내는 추억들에 웃음짓기도 하고. 내가 "에릭 홉스봄은 왜 《극단의 시대》만 있고 나머지는 하나도 없는 거야?"

하면 옆지기는 "이런 책은 왜 한 권밖에 없는 거야?" 하며 《소금꽃나무》를 눈에 잘 띄는 데 꽂는다며 투덜거리는 식이다. 그런데 일을 하다가 뒤늦게 알게 된 사실. 남자는 일당 8만 원, 여자는 6만 원이란다. 그때부터 둘이 일하면서 '동일노동 동일임금'을 부르짖다 나누던 대화도 생각난다.

"어차피 끝내 임금차별을 받아들여야 한다면 이렇게 요구하면 어떨까? 책은 나보다 당신이 훨씬 많이 아니까 당신이 8만 원을 받고 내가 6만 원을 받는 것으로 행정처리를 하라고."

"음……. 그럴까? 근데 당신도 사회과학 서점 알바로 이골이 난 사람이잖아."

"어쨌든 여긴 문학책들이 압도적으로 많은데, 당신은 국문과 출신이기도 하잖아."

"음……. 그런가? 근데 그러면 그건 육체노동이 정신노동보다 열등하다고 주장하는 셈이 돼 버리잖아."

"이건 육체노동 대 정신노동의 문제가 아니라 숙련노동 대 비숙련노동의 문제라니까!"

"근데 여보, 우리의 노예근성, 정말 심각하지 않아?"

"왜?"

"우리, 이틀 동안 점심시간 빼고는 5분도 안 쉬고 일했어."

"그야, 2만 권이 넘는 책을 이틀 안에 정리하려니 쉴 시간이 별로 없었지, 뭐."

"그걸 꼭 이틀 동안 다 하란 것도 아니고, 할 수 있는 데까지만 하란 건데?"

"게다가 이틀째 세 시 넘으니까, 다른 사람이 남은 책 꽂을 때 헷갈리지 않을 정도라도 마저 꽂아 주려고 둘이 말 한마디 안 하고 일만 하고 있더라고."

"음……. 우리, 어쩌다 이렇게 됐냐?"

그날이 아직도 이렇게 생생하게 기억나는 건 우리 부부가 이 날 했던 약속을 수시로 꺼내 보기 때문이다. 이사하고 한 달 정도는 이사 뒷설거지로 정신이 없다가 슬슬 일이 없는 게 초조해지던 때의 일이었다. 처음으로 고흥에서 번 돈을 받아쥐고 우리 부부는 손가락까지 걸고 약속을 했었다.

"우리, 언제 또 무슨 일을 하게 되더라도 우리가 여기 왜 이사 왔는지는 절대로 잊어버리지 말자!"

"그래, 혹시라도 생활에 치여 둘 중 한 사람이 잊어버리고 있는 것 같으면, 다른 사람이 꼭 상기시켜 주기로 하는 거야!"

그로부터 얼마 후, 내가 먼저 일자리를 구했다. 시골 일을 배우는 건 옆지기가 먼저, 최소한의 생활비를 버는 건 내가 하기로 했다. 일자리를 구하는 일이 그리 어렵지는 않았다. 시골엔 젊은 사람들이 적어서 60대면 젊다 소리를 듣고, 40대면 어딜 가나 막내축에 든다. 게다가 학력이나 경력이 있는 젊은 사람들은 여간해서 고흥에서 살려고 하지 않는다. 그러니 교육기관의 강사들이 오히려 순천이나 광주 등지에서 오는 경우가 많다. 언제 어떻게 일자리가 생길지 모르는 판국이었으니 나는 닥치는 대로 일을 하게 되었다. 방과후 학교, 평생교육관, 여성농업인센터, 지역아동센터 등이 주로 내가 일을 하는 곳이다. 국문학 전공이다 보니 주로 독서교실 강사를 하게 되지만 여성농업인센터 같은 곳에서는 단기 프로그램으로 마을 단위 노래교실을 열기도 하고, 농한기 여성농민들을 모아 '면 생리대 만들기 강좌'나 '천연비누 만들기 강좌'를 열기도 한다. 그러다 보니 나는 어쩌다 고흥에 산 지 1년도 안 돼 고흥 지역의 초등학생부터 100세 노인들까지 폭넓게 만나는 경험을 했다. 시골 일에 조금씩 숙련되어 가면서 옆지기도 농번기엔 돈을 받고 불려다닌다. 온통 마늘을 심는 고장인 고흥에서 특히 마늘을 심거나 거두는 철에는 이집 저집에서 경쟁적으로 옆지기를 찾아댄다. 그만큼 젊은 사람, 일손이 부족하다 보니 돈 때문이 아니라도 일손을 거들지 않을 수 없다.

그러던 어느 날이었다. 옆지기는 옆지기대로 들일에 바닷일에 우리 집 일, 남의 집 일 가리지 않고 바쁘고, 나는 나대로 돈 버는 일에 집안일에 옆지기가 거둬 온 작물들을 갈무리하고 저장하는 일에 바쁠 때였다. 옆지기는 아직 몸에 배지 않은 일을 해대느라 잠자리에 들면 끙끙 앓는 소리를 냈다. 다른 때 같으면 안쓰러워 어깨며 다리며 주물러 주고 싶었을 텐데 그날은 앓는 소리조차 얄밉게 느껴지더라니. 바깥일도 스트레스가 많고 고단해 죽겠는데 부엌엔 늘 일거리가 밀려 있는 나날이었다. 옆 지기도 늘 부어터진 얼굴. 같은 침대에 누워 때로는 한 사람이, 때로는 둘 다 끙끙 앓고 있는데 그럴 때마다 애써 모르는 척하 면서 서로를 열렬히 미워하고 있는 우리 부부. 대체 우리가 어 쩌다 이렇게 되었을까? '앗, 빨간불이다!' 부러 시간을 내서 대 화를 시작하고 보니 이유가 따로 있었다. 옆지기는 옆지기대 로 내가 텃밭 한 번 들여다보지 않는 게 불만이었다, 돈 벌러 다 닌답시고 다시 도시사람처럼 변하고 있다는 것이다. 나는 나대 로 "당신은 그래도 여기 온 목적대로 살고 있잖아. 나는 이게 뭐 야?" 하는 원망. 이유는 달랐지만 결국 우리는 같은 생각을 하고 있었던 것이다. '이렇게 살 거면 대체 시골엔 왜 온 거야?'

무엇보다 내가 돈 버는 일을 조절하기 어려운 게 가장 큰 문 제였다. 불안정노동이다 보니 더 그렇다. 시골에서의 관계라는 게 거절이 쉽지 않은 이유도 있고, 꾸준히 일자리가 이어지지 않으면 어쩌나 하는 걱정도 컸던 탓이다. 그러다 보니 일은 점 점 늘어났는데 아이러니하게도 내 수입이 늘어나면 늘어날수 록 돈 쓸 일도 많아졌다. 나는 밥을 밖에서 사먹어야 하는 날이 늘었고, 교통비는 물론 품위유지비도 늘었다. 내 일이 많아질수 록 생활습관도 바뀌었다. 나는 다시 잠자리에 드는 시간이 늦 어졌고 아침에 일찍 일어나는 건 힘들어졌다. 어느 날 보니 나는 다시 한 끼를 때우듯 밥을 먹고 있었다. 집안일도 헉헉대며 간신히 해치우고 있었다. 헉~ 이게 뭔가?

애초에 서울을 떠날 때 마음을 많이 비워서 그랬을까? 돌이켜보니 고흥에 온 첫해에 가장 수입이 적었는데도 사는 데 아무 지장이 없었고, 오히려 불안도 걱정도 별로 없이 제일 재미나게 살았던 것 같다. 그때에 비하면 수입이 꽤 늘었고, 심지어 직접 거두고 만드는 게 점점 늘어나니 돈 쓸 일이 줄어야 하는데도 전체 생활비는 줄지 않았더라. 통장에 잔고가 늘어날수록 오히려 불안이 커져가는 것도 아이러니다. 이젠 적금이나 보험도 좀 들어야 할 것 같고, 갑자기 생각지도 않았던 노후 걱정도 되기 시작했다.

그때부터였다. 우리 부부는 솔직하게 각자의 마음을 털어놓고, 우리의 생활을 돌아보면서 처음으로 고흥에서 돈을 벌러 갔던 날 했던 약속을 떠올렸다. 그래, 이런 날이 오면 누구라도 먼저 반드시 상기시켜 주기로 했었지. 우리가 왜 서울을 떠나 고흥까지 살러 왔는지. 우리는 각자, 또 함께 우리 삶의 우선순위를 다시 챙기기 시작했다. 이제 고흥에서 산 지 3년째, 우리 부부는 누구라도 먼저 '앗, 노란불이닷!' 신호를 보내면 빨간불이 들어오기 전에 무조건 대화를 시작한다. 이른바 신호등 대화와 함께 생활을 정비하고 귀농 첫해를 돌아보는 일은 지금까지 수시로 반복되고 있다. 올겨울 신호등 대화의 결론 역시 '임노동은 줄이고, 좀더 시골사람답게 살자.' 다. 최대한 산으로 들로 바다로 다니느라 바빠지길 바라는 것. 올해는 집을 짓기로 한 해니 더더욱 그래야만 한다. 내가 하는 일들이 대개 1년 단위 계약직이라 겨울방학을 계기로 나는 또 일을 좀 줄였다. 활동이랍시고 고흥을 벗어나 움직여야 하는 몇 가지 직책도 내려놓았다.

우리는 얼마나 뼛속 깊이 자본주의적인가

그런 와중에 나는 처음으로 우리가 농사지어 수확한 쌀을 팔았고, 어쩌다 보니 내가 만든 천연비누를 팔고 있다.

식구들이 먹고 조금씩 나눠나 먹을 요량으로 세 마지기 남짓한 논농사를 짓는데도 돈이 꽤 들더라. 아직 우리 논을 마련하지 못해 소작을 부치다 보니 줘야 하는 도지가 한 마지기에 쌀 한 가마니다. 손모를 심는데도 못밥에 뒤풀이 비용이 들고, 벼베기, 건조, 탈곡 등이 모두 돈이다. 그나마 화학비료나 농약 값이 안 드니 망정이지 관행농으로 짓는 사람이라면 사먹는 게 싸다는 소리가 나올 법도 하다. 그래서 나는 농사로 돈을 벌진 못해도 최소한 농사에 들인 돈은 농사로 거두겠다고 마음을 먹었다. 사실 세 마지기 논에서 1년 동안 우리 식구 먹을 것을 챙기고, 여기저기 나눌 것을 덜면 팔 수 있는 건 딱 그 정도이기도 하다.

한편, 우리 식구 쓰자고 만드는 천연비누를 주변에 몇 장씩 선물하기도 했는데, 그걸 써 본 친구들이 자꾸만 팔라고 성화를 해댔다. 처음엔 식구가 쓸 것보다 조금씩 더 만들기 시작했는데 소문이 나고 보니 생각 외로 주문이 많이 들어와서 이제 매달 본격적으로 팔기 위한 비누를 만들고 있다.

계획에 없던 장사를 하고 보니 사람 마음이 참 요상하더라. 가령 비누를 만들 때는 석유화학제품 중독들 좀 끊게 만들어 보겠다는 일념으로 무조건 싸면서도 질좋은 비누를 만드는 일에 골몰하게 된다. 그럴 땐 무슨 대단한 연구자라도 된 기분이다. 그런데 생각지 못한 주문이 마구 들어오니 나도 모르게 들뜨고 있더라. 비누 파는 부수입이면 임노동 몇 타임은 줄일 수 있겠구나 셈까지 해 가며 신이 나더라니. 그런데 말이다. 막상 주문받은 이름을 하나하나 챙겨 가며 멀리 가는 동안 깨질세라 꼼꼼히 비누를 포장하다 보니 갑자기 서글퍼지는 기분이다. '몽땅 선물로 줘도 아까울 사람 하나 없는데 내가 이걸 돈 받고 팔고 있구나.' 하는 생각이 드니 기분 참 별루더라. 그냥 나눌 땐 참 단순하게 즐겁기만 했는데.

무엇을 팔든 가격을 정하는 일도 참 어려웠다. 이른바 시중 가격이라는 게 있는데도 나는 쉽게 가격을 정하지 못했다. 대체 왜 그렇게 마음이 복잡했을까? 태어나서 지금까지 살면서 '이윤'이라는 걸 얻고자 해 본 적이 없다는 사실. 지금까지 노동력을 팔아 사는 것말고는 다른 생계수단을 가져 본 적이 없는 데다 우리 부부는 귀농 후 집을 지을 때까지 처리해야 할 목돈이 생겨도 '그 자리에 박은 걸 그 자리에서 빼먹는' 방법말고는 투자의 '투'자도 모르는 사람들이다. 하지만 내가 생산한 물품을 팔아 얻는 건 '이윤'을 남기는 게 아니라 내 '노동력의 대가'를 받는 거잖아? 하지만 그렇게 생각해도 복잡한 마음이 풀리지는 않았다. 노동시간을 계산해 본답시고 머릿속으로 열심히 계산기를 두드려 봤다.

일단 비누만 따져보자. 레시피를 연구하고 숙련되기까지의 과정은 생략하고, 비누를 만들고 자르는 시간을 계산에 넣었다. 그리고 그 시간 대비 얼마가 노동력 값으로 적당할지를 생각해 봤다. 골치 아프게 머리를 굴린 끝에 이 정도면 되겠다 싶은 가격을 정했다. 그리고 손을 씻으려 욕실에 들어가는데 시간이 없어 미처 씻어 놓지 못한 비누도구들이 욕실에 한가득 널부러져 있더라니. 아차, 재료상을 골라 주문하고, 지역에서 구할 수 있는 재료는 구해서 쓴답시고 채취하러 다니고, 비누 숙성시킬 계란판을 주우러 다니고, 포장할 뽁뽁이를 모으고, 적당한 크기의 박스 구하고, 포장하고, 택배비라도 몇 푼 아껴 비누 단가를 낮추자고 택배사에서 운송장을 받아다 직접 받을 사람 주소를 쓰는 일까지…… 노동 과정은 단지 비누를 만들고 자르는 일에서 끝나지 않는다는 생각이 그제서야 들더라. 결국 이틀에 걸쳐 만들고 한 달 이상 숙성·건조시켜 파는 비누 한 장에 택배비 포함해서 5천 원이면 어찌 생각하면 너무 싸고, 또 원료값만 생각해보면 너무 비싼 것도 같은 게다. 받을 사람을 생각하면 미안해지고, 시중가격을 생각하면 내 비누가 아까워지는 마음이 수시로 왔다갔다했다. 비누만 생각해도 그러니 적정하고도 합당한 쌀 가격을 계산해 보는 일은 엄두조차 나질 않더라.

지금껏 살면서 단 한 번도 '비자본주의적'인 방식으로 내 노동력의 대가를 계산해 본 적이 없는 탓이다. 열아홉 살부터 지금까지 노동력을 팔고 살았어도 이른바 일반적인 시장가격, 혹은 능력에 따른 비교우위 등이 내 임금이 정당한가를 따지는 기준이었던 것이다. 얼마나 뼛속 깊이 우리는 자본주의적인 건가.

'관계'에서만 생겨나는 신뢰

그밖에도 느끼는 바가 참 많다. 어쩌다 김샘 밭에 일손을 보태러 갔다가 수확한 작물의 판로가 없다는 걸 알게 되면 나도 모르게 화가 나고 속이 상해 누가 시키지도 않았는데 나서서 판매 대행을 하기도 하고, 도시에 사는 지인이 필요한 게 있다고 시골에서 구해 달라면 나름 인맥을 동원해 물품을 연결해 줄 때도 있었다. 내 것이든 남의 것이든 내가 파는 물품을 사는 사람은 SNS에 내가 올린 글을 꾸준히 보아 온 사람들이다. 평소 내가 시골에서 어떻게 지내고, 무슨 생각과 고민을 하며, 어떤 활동을 하고, 어떤 시행착오와 과정을 거쳐 쌀을 생산하고 비누를 만들었는지 아는 사람들. 오래 알고 지내던 친구라도 평소 내가 쓰는 글에 들어 있는 생활과 고민을 알지 못하는 사람들은 내가 무슨 판매를 한다고 하면 한두 차례 사 '주'는 데서 끝나기 마련이다.

그런데 내 글을 꾸준히 읽은 사람들은 내가 생산한 것이든 내가 글에서 자주 언급했던 사람들이 생산한 것이든 물품에 대해서는 묻지도 따지지도 않고 사더라. 유기농이냐 아니냐 묻는 사람도 없고, 시세보다 훨씬 비싸게 팔 때도 가격이 어떻다 따지는 사람이 없더라. 내가 언제 어느 글에서 언급했는지는 몰라도 내가 내 것도 아닌 생산물을 팔겠다고 설칠 만한 지인이라면 당연히 유기농사를 짓는다는 것을 사람들은 알고 있고, 설령 관행농으로 생산한 것이라도 팔만 하니까 판다고 여기는 것 같다. 가령 사람들은 시세보다 비싸게 내놓은 물품을 살 때도 알고 있는 것이다. 김샘 같은 분은 시세가 쌀 때만이 아니라 아주 비쌀 때도 생산원가가 올라가지 않는 한 같은 가격으로 물품을 판다는 사실을.

그리고 더 놀라운 건, 제 돈 주고 사는 사람들이 오히려 나에게 고맙다고 한다. 그런 수고를 이렇게 싼 값에 사서 고맙다 하고, 이렇게 귀한 것을 먹게 해 줘서 고맙다 한다. 묻거나 부탁하지도 않았는데 내가 만든 비누의 사용후기를 써 주고, 내가 판 농수산물로 조리한 음식을 사진찍어 보여 주기도 한다. 받는 기쁨, 먹고 쓰는 즐거움, 그 사이의 뒷얘기들까지 생산물이

매개한 다양한 이야기들을 사람들은 나에게 전해 준다. 그러고 보니 나도 그렇다. 나는 내가 생산한 물품을 누가 사는지 안다. 그 사람이 평소에 SNS에 쓰는 글로 그 사람의 생각과 고민도 알게 되지만, 어떤 사람의 어떤 식구가 김샘네 고구마를 특히 좋아하는지, 내가 만든 비누를 쓰는 사람들이 샴푸를 없애고 비누로만 머리를 감는 데 얼마 만에 적응했는지…….

나는 잠시 자본의 시장을 넘어설 수 있는 희망이 여기에 있는 건 아닐까, 생각한다. 서로의 살림, 서로의 형편을 나누는 '관계'에서만 생겨나는 신뢰. 그것은 무슨무슨 인증이 확인해 주는 단지 물품에 대한 신뢰와는 차원이 다르다.(이건 따로 자세히 언급할 만한 문제지만 내가 아는 진짜 유기농민 중엔 유기농이든 친환경이든 인증받기를 거부하는 사람도 참 많다.) 그럴 때만 생산자와 소비자는 '먹고 먹이는' 관계가 된다. 생산자와 소비자라는 말말고 좀 다른 말은 없을까? 어쩌면 이 말 자체를 바꿔내는 게 곧이 관계를 바꾸는 길인 건 아닐까? 생각은 꼬리에 꼬리를 물고 이런저런 고민도 따라붙는다.

첫째, 글을 통해 새로운 관계를 맺어가는 일 따위는 어쩌면 농촌에 살면서도 아직 그 삶에 제대로 뿌리내리지 못하고 딴데 신경 쓸 여유가 있는 나 같은 사람한테나 가능한 일일 거라는 생각. 대부분의 농민들은 농사만 짓기에도 시쳇말로 쎄가 빠질 지경인데, 모든 경제활동이 소비자 중심인 세상이라 그렇게 고생해서 수확을 해도, 배추를 수확하면 절여서까지 팔아야 하고 뎅이굴을 수확하면 껍질을 까서까지 팔아야 한다. 그것만 도 죽을 맛인데, 언제 사진은 찍고 언제 글은 쓰냔 말이다. 간신 히 그런 걸 써서 올렸대도 댓글 확인할 시간도 없을라. 게다가 그런 일을 누구나 잘할 수 있는 것도 누구나 잘 해야만 하는 것 도 아니지 않은가.

　얼마 전 노동당 정책당대회에서 물품을 팔던 일이 떠오른다. 전국에서 당원들이 모이는 행사장에 농업위원회에서 부스를 차리고 이런저런 물품을 나누거나 팔았던 것. 나는 김샘네 들 깨를 가져다 방앗간에 가서 들기름을 짜고 들깨가루를 내었고, 내가 만든 비누도 함께 팔았다. 천연비누 한 장에 5천 원, 선물 용 세 장 세트면 포장박스 포함하여 비누 300그램에 1만 5천 원. 들깨가루 300그램에 1만 2천 원, 들기름 350밀리리터에 2 만 원. 내가 만든 비누도 시중가격에 비하면 결코 비싸게 파는 게 아니라서 사는 사람들이 오히려 가격을 올리라 하는데도, 들깨가루와 들기름 가격을 매겨 놓고 보니 기가 막혔다. 그 들 깨가 어떻게 심어지고 어떻게 길러지고 어떻게 거둬졌는지, 그 리고 그렇게 거둔 들깨를 또 어떻게 고르고 어떻게 씻고 볶아 어떻게 짰는지 아는 나로서는 솔직히 그 가격에 팔기 아까워 한숨이 폭폭 나더라. 하지만 천연비누 한 장에 5천 원이면 싸다 고 하는 사람들도 국내산 유기농 들기름 한 병에 2만 원인 건 여간해서 살 엄두를 내지 못하더라니.

　어쨌거나 사람들과 어울리거나 챙겨야 할 인사나 경조사가
있을 때 여전히 우리는 가난을 실감하거나 때로 위축감을 느낀
다. 암보험 하나 들어놓은 게 없어서 누구라도 덜컥 아파 버리
면 어쩌나, 걱정도 없지 않다. 한편, 우리는 계란프라이를 할 때
조차 국내산 유기농 들기름을 쓴다. 부침개 하나를 부쳐도 들
어가는 재료는 풍성하다 못해 화려할 지경이다. 서울에 살며
부부가 직장에 다닐 때 같으면, 망설임 없이 지갑을 열었을 일
에 지금은 멈칫하게 될 때가 있지만 그때 같으면 유기농은커녕
국내산 들기름도 손을 벌벌 떨면서 샀을라. 그러니 우리 아이
들까지 새삼스러워하며 "엄마, 우리 진짜로 부침개 할 때 들기
름 써도 돼?" 하지 않는가.

　참, 말 함부로 쉽게 하고 살았네, 싶다. 다 먹고살자고 하는
짓이었다고? 우리는 이제야 비로소 사람이 살아가는 데 정작
중요한 것이 무엇인지를 알게 된 거다. 그리고 시골살이의 참
맛을 누리고 살기 위해서는 역시 얼마나 돈을 버느냐가 아니라
얼마나 돈을 적게 쓰고 살 수 있느냐가 관건이다. 또 우리는, 우
리의 경제활동에서 자본가 같은 적대적인 대상이 없을 때 어떤
관계와 나눔을 만들어 갈 수 있을까? 우리는 어떻게 먹고 먹히
는 세상이 아니라 서로 먹고 먹이는 세상을 만들어 갈 수 있을
까? 매우 어렵고도 기대되는 숙제다.

밭에서 노동을 생각하다

우리 밭에 서면 2년 만에 어렵게 구한 우리 집터와 마을이 훤히 내려다보인다. 560평. 넓다면 넓고 좁다면 좁은 밭이다. 농사를 업으로 사는 농민들에겐 '에게?' 할 만한 밭이지만 불과 3년 전만 해도 엄두조차 내지 못했을 크기다. 하지만 다섯 평도 안 되는 텃밭에 열다섯 가지 작물을 심어먹은 우리에게 이 만한 밭이 생기니 심고 싶은 게 엄청 많다. 김 샘이 농사 가르치시려고 부르시면 기껏해야 체험학습 수준으로, 어쩌다 한 번씩 고양이 손이라도 빌려야 할 판인 농번기에

---

* 이 글은 2015년 봄에 썼다

이웃 일을 거든다고 해 본 농사라도 있었으니 560평 밭이 모자란단 욕심도 내 보는 것이다.

그러지 않아도 우리 밭은 '점암면'이라는 이름이 괜히 지어진 줄 아냐는 듯이 돌이 많은 밭인데, 관행농을 오래 했던 밭이라 밭을 깊이 뒤집었더니 숫제 돌밭이 되었다. 같은 고흥이라도 팔영산을 기준으로 어느 마을이냐에 따라 흙이 참 다른데 처음 이 동네 밭에서 일하면서 나는 매번 투덜거렸다. "대체 향그러운 흙가슴은 어디 있는 거냐고요." 만지면 살포시 부서지는 포시러운 흙을 상상했던 나로서는 툭하면 호미에 자갈이 걸리는 밭에 꽤나 실망했던 게다. 곧 알게 된 것이지만, 흙에 따라 농사가 잘 되는 작물이 따로 있단다. 오히려 마늘이나 양파 같은 작물은 물빠짐이 좋은 이런 밭에서 훨씬 잘 된단다. 내가 그런 걸 알았을 리가 있나.

그런데 우리 밭은 그 정도 수준이 아니다. 이게 바위야 돌이야 싶은 큰 돌도 많은 데다 돌이 더 많은지 흙이 더 많은지 가늠할 수 없을 지경이다. 으~ 이 일을 어찌할꼬. 옆지기랑 고심을 하다가 마침내 결심을 했다. 호미로 500여 평의 땅을 파가며 돌을 골라내기로 한 것. 밭도 밭이지만 집짓기에 필요한 돌을 밭에서 얻기로 한 것이다. 아주 잔 돌은 그대로 두지만 호미에 걸리는 큰 돌은 담을 쌓거나 계단을 만드는 데 쓰고, 좀 작은 돌은 기초공사에 쓸 요량이다. 밭에 가면 나는 우선 '원숭이

엉덩이'를 찬다. 고무밴드에 다리를 한 짝씩 끼면 엉덩이에 고정되는 빨갛고 동그란 깔개를 내 맘대로 그리 부른다. 밭일할 때 이 깔개가 없으면 내내 쪼그리고 앉아 걸어다녀야 하기 때문에 여간 힘든 게 아니다. 나는 우선 쇠스랑을 들고 밭에 사방으로 금을 긋는다. 금 그어진 만큼이 오늘의 목표량. 그러고 나면 비료 담았던 자루를 옆에 놓고 퍼질러앉아 호미로 땅을 판다. 흙은 잘게 부수어 주고 호미에 걸리는 돌은 골라내 자루에 담는다. 그렇게 돌로 가득찬 자루가 밭 주변에 늘어선 모습을 보면 저 돌이 다 우리 밭에서 나왔단 말인가 싶다.

"처음 잡은 삽자루가 손이 아파서~"

밭에 앉아 그러고 있다 보면 나도 모르게 절로 나오는 노래가 있다. "우리에게 땅이 있다면 얼마나 좋을까? 울 어머니 살아생전에 작은 땅이라도 있었으면. 콩도 심고, 팥도 심고, 고구마도 심으련만~." 그렇게 노래하다 보면 어느새 가슴이 뿌듯하게 차올라 목청 높여 소리를 지른다. "우하하하, 나는 여기다 콩, 팥, 고구마는 물론이고 복숭아나무도 심고 유자나무도 심을 거라구. 그뿐인 줄 알아? 목화도 심어서 올겨울엔 누비조끼를 해 입을 거라니깐~." 저쪽에서 고랑을 내던 옆지기가 들었는지 농이 날아온다. "어디, 나 모르는 밭이라도 더 사놨어? 그걸 다 얻다 심는다는 거야?"

둘이서 마주보며 낄낄대고 있을 때 멀리서 건너오는 또다른 소리 "제수씨이~ 농사지으라고 그래싸면 이혼한다 해부랑께 오늘도 밭에 왔소?" 이웃아저씨다. "아따, 것도 기계루 해불면 반나절두 안 걸릴 걸 여적지 호미질이당가요?" 이 아저씨만이 아니라 보는 사람마다 죄다 하는 소리다. 기계 편한 거, 우리는 모르남? 근데 농기계가 없는 우리한텐 그것도 다 돈이다. 560 평이면 아저씨 말씀대로 반나절도 안 걸릴 일이라 하루, 한 나절 단위로 적지 않은 값을 부르는 기계를 부르기가 아깝다. 우리 밭이 생겼다고 생각하니 기계나 남의 손을 빌리지 않고 직접 손으로 밭을 고르고 싶은 마음도 있었다. 하지만 일하다 보면 저절로 떠오르는 노래가 또 있다. "열 사람 중에서 아홉 사람이 내 모습 보고서 손가락질 해." 생각지도 않은 이 노래가 절로 튀어나오는 건 딱 한 대목 때문이다. "처음 잡은 삽자루가 손이 아파서……."

호미 쥔 손에 힘이 빠지고 팔을 들기 어려울 때쯤이면 어김없이 옆지기가 소리를 지른다. "참 먹고 하자." 아, 반가운 소리. 남의 밭에서 다른 사람들과 함께 일할 땐 참 고역이었다. 나는 게으름 피울 맘도 없고 웬만큼 고된 일도 참을 수 있는데 일하는 속도가 느린 편이다. 그런데 여럿이 일할 때는 이게 같이 일하는 사람한테 민폐가 되기 십상이라 남의 속도를 따라잡느라 허덕이게 된다. 그러다 보면 일하는 즐거움은커녕 내가 왜 이런 일을 하겠다고 이 시골구석까지 왔나, 금세 울상이 된다. 하지만 누구의 간섭도 없이 내 속도대로 일하다 보면 내 호미질에 부서지는 흙을 살필 여유도 생기고, 흙에서 나오는 온갖 생물들에 하나하나 말을 걸어 보게도 된다. '우리 밭이 생기니 이런 것도 참 좋구나.' 다시 가슴에 무언가 꾸욱 차오르는 느낌이 든다. 목장갑을 벗고 삶은 달걀을 까서 옆지기랑 나눠먹고는 다시 돌을 고른다. 아무 생각 없이 하는 단순노동에 머리가 맑아진다.

어느새 볕이 뜨거워졌다 싶으면 완전무장을 한다. 나에겐 밭에서 일할 때 반드시 챙겨야 하는 필수품이 있다. 얼굴까지 가리는 수건이 달린 모자와 선글라스. 나는 고된 노동보다는 햇볕에 매우 취약하다. 초등학교 때부터 운동회 때마다 계주 선수를 할 만큼 체력이 좋았는데, 햇볕 뜨거운 운동장에서 조회를 할 때면 자주 픽픽 쓰러져 양호실에 업혀가곤 했다. 여행을 다닐 때도 그랬다. 하루에 20킬로미터씩 매일 걸어다니느라 발에 잡힌 물집이 터져도 잘 견뎠고, 스물다섯 시간씩 버스를 타고 이동을 해도 잠만 잘 잤는데 볕이 뜨거운 날은 아주 미치겠는 거다. "나는 아무래도 드라큐라족인가봐." 남의 밭에서 여럿이 일할 때, 햇볕 때문에 금세 어질어질해지면 남들 눈엔 게으름 피우는 걸로 보이는 게 몹시 억울하기도 했다. 그래도 그때는 선글라스를 끼지 못했다. 남들은 캡 정도만 쓰고도 일만 잘

하는데 완전무장이네 뭐네 유난을 떨면서 선글라스까지 챙겨 끼기엔 영 눈치가 보였다.

남들 눈에 어떻게 보이든 나한텐 생필품인데 내가 왜 남들 눈치를 봐 가며 일해야 하나 싶을 때도 없진 않았다. 하지만 밭에서 일하는 사람들은 대부분 팔십이 다 된 어르신들이다. 선글라스 따위 없이도 한평생 농사로 허리가 꼬부라진 분들. 그런 어르신들이 하루종일 땡볕에서 일하고 계신 걸 보면 그 곁에서 팔자좋게 산책을 하는 일조차 민망하다. 거기엔 또 그 만한 이유가 있다. 내가 밭에서 힘들게 일하고 있는데 성묘 왔다고 고급 차에서 내린 사람들이 와글와글 남의 농사를 간섭해 가며 내가 일하는 밭을 지날 때면 내가 봐도 꼴사납게 느껴지며 미워지더라. 희한하게도 복장이 화려할수록 더 그렇더라니. 시골 정서라는 것이 이런 거구나 싶어져서 그 담부턴 나도 꽤 조심하게 된다. 어쨌거나 팔십 노인들도 척척 해내는 일을 쩔쩔매며 하는 주제에 등산 가려면 비싼 등산복부터 차려입는 사람처럼 꼴불견으로 보일까 싶어 끼지 못했던 선글라스를 우리 밭에선 망설임 없이 낀다. 마을 어르신들이 보시고 뭐라 하실까 신경이 쓰이지만 우리 밭은 마을 위쪽에 자리잡고 있어서 지나는 사람이 많진 않다. 하하하, 그런 데다 누가 뭐래도 우리 밭 아닌가. 선크림은 발라 봐야 연신 흐르는 땀에 금방 소용없어지지만, 눈만 달랑 내놓고 얼굴을 다 가려주는 수건 달린 모자가 있으면 그래도 견딜 만하다.

어떤 농사에도 고민과 갈등과 타협과 결단이 있다

금 그어 놓은 만큼 돌을 골라내고 어느 정도 밭이 되었다 싶으면 작물을 심는다. 돌 골라내고 그만큼 양파를 심고, 또 돌 골라내고 그만큼 마늘을 심는 식이다. 지난겨울 처음으로 마늘을 심었다. 한쪽엔 고흥산 토종마늘, 다른 한쪽엔 남해산 마늘. 고흥산 토종마늘은 알이 너무 작아서 마늘 까는 일이 좀 고역이다. 그 대신 적당히 맵고 적당히 단 맛이 나 아주 맛있다. 남해산 마늘은 매운 맛이 강해서 주로 김장할 때 양념으로 쓴다. 수확하고 난 마늘을 보면 고흥산 토종마늘과 남해산 마늘을 알아보겠지만, 밭에서 자랄 때 내 눈이 그걸 과연 구별할 수 있을 것인가? 자신이 없어 사이에 시금치를 심었다.

밭은 560평인데 심고 싶은 건 많으니 연작 피해가 있는 작물들까지 고려하면 어디에 무엇을 심을지도 신중하게 판단해야 한다. 겨우내 마늘은 줄기가 굵어져 곧 마늘종을 뽑을 때가 되었고, 양파는 벌써 뽑아다 먹기 시작했다. 시금치는 채소가 적은 겨울에 무쳐 먹고 국끓여 먹고 겉절이해 먹는 효자 노릇을 충분히 했는데, 서울에서 먹던 시금치가 정말 시금치였나 의심할 만큼 맛이 달았다. 이제 시금치는 활짝 꽃을 피웠다. "어머, 시금치도 꽃이 펴~!" 밭에 가면 몸이 고되기도 하지만 날마다 신기한 것투성이다. 이제 너무 쇄서 시금치나물을 먹을 순 없지만 씨를 받을 때까진 갈아엎지 않고 내버려둔다. 겨울에 심어둔 쪽파는 먹기엔 양이 너무 많아 장터에도 내었다.

한참 돌을 고르고 있는데 김샘이 씨감자를 갖다 주신다. 씨감자를 내미는 김샘 얼굴에 웃음꽃이 활짝 폈다. "뭐, 좋은 일 있으셔요?" "좋은 일은~ 우스워 그라제." "뭐가요?" 김샘네 마을에 사는 지인 얘기다. "그 집은 첨부터 밭이 있길래 씨감자만 주고 걍 와부렀다 안했등가." "근데요?" "지나가다 들러보니 감자를 간격도 없이 따닥따닥 심어놨더랑게." "헐~ 그래서 어쨌대요?" "어쩌긴 뭘 어째? 마을 할마시들한테 욕을 바가지로 얻어먹고 죽상이 되어설랑 심어 놓은 거 홀랑 다 뽑고 다시 심고 있드마." 같이 킬킬대며 웃긴 했지만 남 얘기가 아니다. 작년까지는 우리 밭이 없으니 감자 심을 무렵이면 김샘 밭으로 부르셨다. 감자 심는 법을 가르쳐 주시며 같이 감자를 심게 하시고, 수확철이 되면 또 같이 거두어 우리 식구도 실컷 먹게 나눠주시곤 했다. 그때는 씨감자가 이렇게 작은지도 몰랐다. 그런데 싹이 난 곳을 잘 살펴 칼로 쪼개서 심으라신다. "이렇게 작은 걸 또 쪼개서 심어도 감자가 주렁주렁 달려요?" 했다가 김샘이 혀를 끌끌 차셨던 기억이 난다. 김샘은 자주 우리 밭을 둘러보러 오신다. 여전히 인터넷을 보고 나름대로 농사를 짓다가 김샘한테 검사받고 타박을 듣는 일도 흔하다.

종자나 묘목이 생기는 대로 이십여 가지를 심었어도 아직 밭이 남았다. 심고 싶은 것은 많아도 철이 있고 때가 있는 법. 감자, 자색감자, 돼지감자, 초석잠, 신선초, 참나물, 바디나물 같은 건 벌써 싹이 났다. 그 돌 많고 딱딱한 땅을 뚫고 올라오는 새싹들이라니, 말로만 듣던 경이가 날마다 눈앞에 펼쳐진다. 나무를 심으라고 주셔서 받고 보니 그냥 작대기만 같길래 저기서 과연 앵두가 열리고 자두가 열릴까 했는데, 그 작은 묘목에서도 앵두꽃이 활짝 피었다. 과연 봄이더라. 그 기분을 뭐라 말할 수 있을까. 손가락만 한 두릅나무에도 새순이 올라온다. 이제 철따라 꾸찌뽕, 석류나무, 자두나무에도 꽃이 피겠지. 땅콩이나 생강은 먹어나 봤지, 도무지 밭에 있는 건 본 적이 없어서 싹이 나도 못 알아볼까봐 특별히 심은 자리를 기억해 둔다. 풀들이랑 헷갈리지 않으려고 우리 밭에 나는 풀들도 유심히 살펴둔다.

우리 밭은 여간해서 풀을 뽑지 않는다. 풀도 그대로 자라게 해서 어느 정도 자랐을 때 낫으로 베어 밭에 돌려준다. 작물이 먹어야 할 영양분을 풀들도 먹으니 당장은 작물이 크게 자라지 못하지만, 그 풀들이 고스란히 밭으로 돌아가니 장기적으로는 땅을 살리는 길이란다. 가능하면 외부에서 투입되는 비료를 적게 쓰려는 것이다. 이른바 자연농법이라고도 하더라만 우리가 꼭 그렇게만 농사를 지을지는 아직 알 수 없고 꼭 그걸 고집할 생각도 아니다. 일부 귀농하는 사람들 사이엔 자연농이니 유기농이니 무농약이니 관행농이니 하면서 마치 서열을 매기듯이 농사에도 위계가 있는 듯 말하는 사람도 있던데, 그런 식의 말을 들으면 나는 좀 어이가 없다. 남의 농사에 아주 바쁠 때만 잠깐씩 일손을 돕더라도 관행농사 짓는 밭, 유기농사 짓는 밭 할 것 없이 다니며 농사를 지어 보면 그게 결코 함부로 말할 일이 아니더라.

우선 아무리 자연농법이네 뭐네 해 봤자 농사라는 게 특정 작물의 군락을 만드는 일이니 그 자체로 인위적인 일이다. 뿐이랴. 사람 맘이라는 게 다섯 평도 안 되는 텃밭을 가꾸면서도 우리 밭의 작물이 형편없어 보일 땐 남의 집에서 제초제라도 훔쳐다 뿌리고 싶어지더라니. 어떤 농법으로 농사를 짓든 간에 농사를 짓는다는 건, 내가 세운 원칙과 현실 사이에서 끊임없이 갈등과 타협을 해야 하는 일이더라. 화학비료나 농약을 안 치고 농사를 짓는다고 하자. 그럼 시중에서 파는 유기질 비료를 쓸 건가, 축분을 쓸 건가. 축분을 쓴다고 해도 요즘처럼 공장식 축산에서 수입산 사료를 먹은 가축에서 나오는 축분이 과연 건강한가. 김샘처럼 사료가 아니라 농부산물을 먹여 키운 돼지에서 축분을 얻는다 치자. 그럼 비닐 멀칭은? 노인이 대부분인 시골에서 그것도 대개 혼자서 농사를 지으면서 비닐 멀칭을 하지 않고 일일이 풀을 뽑아 가며 농사를 짓는다는 건 거의 고행에 가깝다. 그것도 농사가 유일한 생계 수단인 전업농의 입장에서는 불가능하다고 봐야 한다. 지극히 생태적이라는 자연농법은 그럼 어떤가? 종자는 몽땅 토종 종자를 쓸까? 사실상 토종 종자 모임을 하다 보면 그나마 토종 종자를 지켜 온 것은 뜻밖에 관행농을 하는 어르신들인 경우가 많다. 어릴 때부터 농사를 지어 온 어르신들은 대대로 심어 온 종자를 받아서 심는 경우도 많기 때문이다.

이렇게 농사짓는 일 하나하나가 대부분 고민이고 갈등이고 타협이고 결단이다. 우리가 밭에 비닐을 씌우는 대신에 왕겨나 풀을 덮고, 가능하면 어떤 방법으로도 제초를 하지 않는 것, 그리고 될 수 있는 대로 화석연료가 필요한 기계를 덜 쓰겠다고 할 수 있는 것은 우리 농사가 식구 먹을 것만 수확해도 되는 자급농이기 때문이다. 그렇기 때문에 더더욱 수확량이 적건 말건 가능하면 돈을 들여 농사짓지 않겠다는 심사도 드는 것이다. 대신에 우리가 먹을 양보다 넉넉하게 심어서 적은 수확량에 대비하기도 하는데 소 뒷걸음치다가 뭐 잡은 격으로 농사가 잘되었을 땐 실컷 나눠먹고 팔기도 한다.

녹비작물처럼 살아도 나쁘지 않은 생이겠구나

마을 안에 있는 밭에서 이렇게 농사를 짓다 보면 보는 사람마다 당연히 한소리씩들 한다. 시시때때로 잔소리는 각오해야 한다. "그 집 각시는 풀 안 뽑고 뭐 한당가?" 밭에 풀이 많을 때 옆지기가 듣는다는 소리다. 시골에서 대체로 김을 매는 건 여자들 몫이기 때문. 옆지기가 킬킬대며 그 말을 전할 땐 시골어른들 고정관념에 나만 욕을 먹는다는 생각에 부아가 난다. 하지만 내가 밭에 있을 때 나한테 대놓고 잔소리하는 어르신이 계시면 나는 옆지기한테 '메롱~' 하는 기분으로 짐짓 불쌍한 얼굴을 하고 말한다. "이 집 각시는 돈 벌러 다니느라 너~무 바빠요." 졸지에 옆지기와 나를 바라보는 할머니의 표정이 역전된다.

관행농을 하는 어르신들한테는 500평도 그리 큰 밭은 아니라서 대개 단일 작물을 심는데 고흥은 마늘고장이라 온 동네가 다 마늘밭이다. 우리가 마늘을 심는다니 당연히 밭 전체에 심을 줄 아셨을 텐데 소꿉장난하듯 마늘도 종류별로 조금씩인 데다 온갖 것들을 심었으니 500평이 넘는 밭을 호미로 돌을 고를 때부터 알조라 여기셨는지, 마을에서 지금쯤은 우리 밭을 '예외'로 쳐 주시는 것도 같다. 그럼에도 나는 가끔씩 전업농인 농민들한테 미안하고 민망한 마음이 들 때가 있다. 그럴 때면 괜스레 옆지기한테 생색을 낸다. "돈 벌러 다녀 주는 마누라가 있으니 아무 농법이든 맘대로 농사도 짓고, 좋지?" "그럼, 조오치~." 실은 이심전심이다. 농사 하나로 전기세도 내고 병원비도 내고 자식들 학비도 대면서 이 나라에서 푸대접받는 농민으로 땅을 지키고 살아 온 분들에 대한 존중을 잊지 말자는 마음.

옆지기랑 오순도순 정담을 나누며 점심 도시락을 까먹고 오늘은 풀을 뽑는다. 우리 밭에서도 유일하게 뽑는 풀이 있다. 어르신들도 흔히 보지 못했던 외래종이라는데 번지는 속도가 엄청나서 다른 풀들처럼 그냥 두었다간 온 밭이 그 녀석 차지다. 그래도 안 뽑고 있다가 씨가 날아가 다른 밭에까지 번져서 어르신들한테 혼꾸녕이 나고서야 뽑는 풀. 그 녀석은 뽑아도 밭에 돌려주지 못하고 자루에 담아 다시 살아나지 못하도록 그늘진 곳에 버려둔다. 그러다 보니 오만가지 생각이 떠오른다. '사람이란 참……. 긔가 먹을 건 이파리 하나만 다쳐도 벌벌 떨면서 먹지 않을 건 뽑아 잔인하게도 죽이는구나. 뿐이랴. 같은 풀이라도 저 보기에 이쁘면 야생화래고, 긔가 보기 싫으면 잡초라지.' 그러다가 문득, 해마다 벼를 수확하고 나면 논에 심었던 녹비작물에 생각이 미친다. 녹비작물이란 식물의 줄기와 잎 등을 토양의 거름으로 사용하기 위해서 가꾸는 작물이다. 헤어리베치나 자운영 같은 콩과 식물을 심기도 하고, 보리를 심기도 한다. 같은 작물이라도 어떤 작물은 애초에 갈아엎을 목적으로 심어지는 거다. 그래도 싹이 돋고, 줄기가 생기고 잎이 커지고 때가 되면 꽃이 핀다.

한겨울에 논에서 자라는 녹비작물을 바라보고 있자면 처음엔 비감한 기분이 들었다. 그런데 좀 지나니 경건한 마음이 들더라. 인생을 생각했다. 그래, 저리 살아도 괜찮겠구나. 애초에 거름이 되기 위해 태어났대도 그리 나쁘진 않은 생이겠구나. 누군가에게 열매를 주지 못해도, 다음 생을 이어가진 못해도, 내가 나고 자란 곳을 비옥하게 하여 누군가가 자라고 꽃피고 열매맺는 데 거름이 될 수 있다면 그것도 의미 없는 생이라 하진 못하겠구나. 나는 어떻게 살고 있나. 거름은커녕 남의 희생을 갉아먹으면서 살고 있진 않을까. 나는 과연 누군가를 먹이며 살고 있을까.

이런 생각 끝에 허리를 펴고 보니 해가 서쪽으로 한참 기울었다. 돌아보니 토마토나 가지 같은 작물이 타고 올라갈 지지대를 밭에 박던 옆지기는 일을 마쳐 간다. 나는 호미를 들고 온 밭을 어슬렁거린다. 풀 중에서 먹을 것을 찾는 거다. 지금은 꽃이 피고 쇠어진 게 많지만, 겨울부터 초봄까지 한동안은 심지 않았어도 먹을 게 지천이었다. 쑥, 민들레, 머위, 냉이, 방가지똥, 별꽃나물……. 내가 밭을 두리번거리며 심지 않은 나물들을 캐기 시작하면 오늘 일과가 끝났다는 신호다. 옆지기가 소리를 지른다. "작업 종료?" "오케이!"

한번은 아직 일을 마치기 직전인데 우리한테 밭을 판 할머니가 올라오셨다. 가끔씩 밭을 둘러보러 오시기도 해서 그런가 보다 했는데, 그날은 우리 밭에서 부지런히 냉이를 캐시는 거다. 우리 식구들이 냉이를 특히나 좋아하기 때문에 솔직히 아까운 마음이 먼저 들었다. 하지만 이내 마음을 고쳐먹는다. 평생을 이 밭에서 자식을 길러 공부시키고 출가까지 시킨 할머니다. 그런 노인네가 이제 기력이 떨어져 더이상 농사를 지을 수 없다 해도 어느 날 갑자기 밭이 없어졌으니 얼마나 허전하시겠나. 생각할수록 짠하더라. "엄니, 냉이 캐러 오셨어요?" 할머니가 주춤거리신다. "잉, 집이도 캐서 갈랑가?" "아니예요. 실컷 캐가세요." 내 말이 끝나기가 무섭게 할머니는 따라잡을 수 없는 속도로 냉이를 캐신다. 혼자 드시는데 얼마나 캐시겠나 했는데, 어라? 캐는 양을 보니 자식들 주실 것까지인 모양이다. 그 모습에 뭐라도 생기면 자식한테 보내지 못해 안달하시는 시어머니 모습이 겹친다. 그 바람에 나도 모르게 인심이 후해진다. 몸 놀리며 하는 일은 다 그런가? 뜨개질을 하거나 바느질로 옷을 지을 때도 그렇더니, 밭에서 일하는 것도 요즘말로 힐링이 된다. 몸은 고되고 삭신은 쑤시지만, 머리는 맑아지고 마음은 그리 편할 수가 없다. 명상이 따로 있는 게 아니지 싶은 맘.

'이럴 거면 뭐하러 시골에 왔누?'

하지만 나의 하루가 늘 이런 것은 아니다. 내가 밭에 갈 수 있는 날은 많아야 일주일에 두세 번이다. 엊그제였다. 김샘 따라 팔영산에 가서 따온 생강나무꽃과 목련꽃을 그늘에 말려 차를 만들었다. 병에 담아 찻장에 넣으려니 찻장이 가득차 더 넣을 데가 없다. 말리거나 덖어 만든 차만 해도 생강나무꽃차, 국화차, 목련꽃차, 동백꽃차, 감잎차, 다래차, 현미차, 우엉차, 으름차, 무차, 돼지감자차, 구름버섯차……. 찻집을 차려도 남겠더라니. 하지만 문제는 작년 봄에 만들어 놓은 차들이 아직도 남아 있다는 거다. 철따라 부지런히 꽃이나 열매를 따다 차를 만들었지만, 정작 천천히 차를 우려 음미하며 마시고 살 여유는 그리 많지 않았던 거다. 그러고 보니 연중 내가 가장 많이 마신 차는 아직도 인스턴트 커피다. 뭔가 억울한 기분이 꾸역꾸역 올라온다.

얼마 전엔 평생교육관에서 하는 '도예수업'을 신청했었다. 결론부터 말한다면 딱 하루 나가고 포기했다. 빠지지 않고 배워서 필요한 그릇들을 만들어 보겠다고 선착순 경쟁까지 해 가며 신청한 것이었는데, 꼭 해야 할 일도 다 못 챙기고 헉헉대는 판에 취미생활까지는 사치더라니. 헐~ 나에게도 저녁이 있는 삶이 필요한 것일까? 그렇다면 나는 도시에 살 때랑 뭐가 다른 것인가? 음……. 어쩌다 나는 이렇게 되었을까? 내가 하는 일을 돌아보면 크게는 세 종류다. 첫째는 자급을 위한 살림 노동. 채취와 농사, 옷 짓기나 비누 만들기 같은 생활 공예 등. 둘째는 생계형 임노동. 주로 배워서 남 주는 일로 돈을 번다. 셋째는 이른바 활동이라고 부르는 사회적 노동. 서울에서 맺었던 연을 완전히 끊지 못해 맡고 있는 책임도 있고, 고흥에 와서 시작된 일들

도 있고, 어쩌다 보니 전남 지역으로 넓혀진 일들도 있다. 내 생
활의 활력과 풍요도, 스트레스와 고단함과 부침도 대개는 이 세
가지 노동의 적정한 총량과 비율을 조절하는 데 달려 있다.

얼마 전 내가 속한 모임에 신입회원으로 한 언니가 들어왔
다. 그 언니의 남편은 5년 전에 시골에 와서 농사짓는 우리 회
원인데, 그동안 월말부부로 살다가 언니가 이번에 서울생활을
정리하고 내려와서 같이 살게 된 것. 선배들이 그 언니한테 시
골에 온 소감을 물었다. 언니의 당찬 대답. "저는 무슨 생각 같
은 거 별로 안 해요. 많은 의미를 부여하면 힘들 것 같아서요.
올해는 농사짓는 남편 곁에서 참 만들어 주고 밥 해 주는 일만
할 거예요." 언니 얘기가 끝나자마자 옆에 있던 후배랑 나는 눈
을 마주치고 무릎을 쳤다. "하하하, 맞아요. 너무 과도하게 의
미부여를 한 나머지 몸 다 곯고 있는 사람들이 있어요, 글쎄."
"그러게, 참만 해 주고 밥만 해 주면 얼마나 좋을까. 살림하랴,
농사지으랴, 게다가 돈 벌러 다니랴." 후배가 내 어깨를 치며
한마디 덧붙인다. "그것만 하면 다행이게? 의미부여를 과하게
하셔도 너~무 과하게 하셨지. 이런저런 활동은 또 얼마나 바
빠요?" 몇몇 언니들이 거기에 농을 보탠다. "누구는 집 다 지어
놓고 불러서 그제야 오니 밥만 해 주면 감지덕지라는데, 명인
씨도 몇 년 도로 나갔다 와. 집이나 다 지어 놓고 부르라고." 덕
분에 좌중이 웃음바다가 되었지만, 같이 웃는 내 심사는 아주

복잡해졌다. 요즘 같아선 늘 시간과의 싸움을 하고 있는 기분이라 더 그랬겠지.

바빠서 한동안 밭에 가지 못하면 나는 매우 우울해진다. 다른 일들은 서울에 살아도 할 수 있는 일이고 돈 버는 일로 치면 오히려 서울이 더 낫기까지 하니까. 일이 바빠 밭에 가지 못하는 날이면 "도대체 이럴 거면 뭐 하러 시골에 왔누?" 소리가 절로 나온다. 하지만 만일, 내가 모든 일을 다 때려치우고 농사만 짓는대도 밭에 가면 힐링이 될까? 다른 농민들처럼 농사가 돈을 버는 수단이어도 과연 그럴 수 있을까? 농사모임을 같이 하는 선배들은 이구동성이긴 하시던데……. 날씨가 안 도와줘서 수확을 하나도 못한 해에도 농사는 망했다 말할 수 있는 것이 아니란다. 돈은 벌지 못했어도 농사는 그 과정에서 시시때때로 기쁨을 주었기 때문에 그렇다고. 정말 그럴까? 맨땅에서 돌을 고르는 일에도 재미를 느끼고 새순 돋은 것만 봐도 경이를 느낄 때면 그럴 것도 같은데, 똑같이 힘들어도 심는 것보다 거두는 일이 훨씬 더 재미난 걸 보면 나는 아직 잘 모르겠다.

어쨌거나 시골에 온 후로 나에겐 좀 대답하기 난감한 질문이 있다. 처음 만난 사람이 "뭐하는 분이세요?"하거나 자주 만나지 못한 사람들이 "뭐하고 살아?"라고 물으면 늘 대답할 말이 궁해지는 것이다. 사람들의 질문은 결국 나의 직업에 관해서일 테다. 농사를 짓는다고 말하기엔 소꿉장난 같은 농사가 민망하고,

내가 돈벌이로 하는 일은 워낙 여러 가지인 데다 그만둘 수 있다면 언제라도 그만두고 싶은 일이니 더 그렇다. 더구나 최근에 밭에 쪼그리고 앉아서도 내내 나를 생각에 빠지게 하는 일은 농사도 아니고, 돈이 되는 일도 아니다. 고흥에서도 이런저런 모임에 참여하며 지역에 필요한 일을 함께 하고 있지만, 작년부터는 내 활동 영역이 전남 지역으로 넓어졌다. 처음으로 전남에서도 몇몇 활동가들이 뜻을 모으고 함께 공부하면서 '전남 청소년노동인권교육 강사단'을 만들었다. 서울에 살 때 '한국노동사회연구소'에 다니면서 내가 담당했던 분야가 '노동교육'이었던지라 뒤늦게 연락을 받고 나도 합류하게 된 것.

작년엔 도교육청의 협조로 16개 특성화고와 인문계고 등 2,500여 명의 학생에게 시범교육을 진행했는데 그 사이에도 강사단은 지역의 연대단체와 함께 캠페인도 벌이고 도교육청과 끈질긴 협의를 했다. 덕분에 올해부터는 전남 지역의 특성화고 전체에 교육이 진행될 수 있는 예산을 도교육청에서 지원하기로 했다. 뒤늦게 강사단을 만든 전남에서 적어도 특성화고에는 전면적인 노동인권교육이 시작된 셈인데, 뜻밖에 이런 지역 사례가 별로 없다. 현재 전남 지역의 48개 특성화고등학교 중에 45개 학교에서 벌써 교육의뢰가 들어왔고 지난주부터 온갖 시군을 도는 교육이 시작되었다. 한꺼번에 몇 백 명씩 모아놓고 할 수 있는 강의식 교육을 지양하고 참여교육으로 수업을 진행하기 때문에 한 반에 한 명의 강사가 필요하다. 한 학교에 열 반이 있다면 열 명의 강사가 동시에 수업을 진행하게 되는 셈이다. 따라서 교육 수요가 엄청 늘어난 올해는 강사 양성도 시급해서 작년에 이어 3기 강사단학교도 열었다.

다시, 나의 노동을 생각한다

각 학교 현장에 수업도 들어가야 하지만 강사단에서 내 역할은 주로 표준교안을 생산하고 강사단 교육을 진행하는 일이다. 최근엔 밭일을 하면서도 골똘히 생각에 빠지게 되는 건 바로 그 탓이다. 머리털 나고 처음으로 '노동교육'이라는 걸 받는 학생들과 노동에 관해 무엇을 나누어야 할까? 근로계약서조차 안 쓰고 최저임금도 못 받으면서 아르바이트를 하는 학생들도 많기 때문에 우선적으로 급한 것은 청소년 근로기준법이다. 특성화고 3학년 학생들의 경우, 2학기에는 바로 현장실습을 나가기 때문에 건강하게 일할 권리에 관한 내용도 시급하다. 전남 지역에서만도 현장실습에서 노동재해를 당해 아직도 깨어나지 못하고 있는 학생이 있는 실정이다. 하지만 이 사회에 만연한 노동에 대한 부정적인 인식을 바로잡는 일도 못지않게 중요하다. 정규교육과정에 노동교육이 전무하고 여전히 노동이 천대받는 이 나라에서 학생들은 대부분 존재를 배반하는 의식을 갖기 쉬우니까. 그래서 우리가 다양한 교육방법을 사용하여 학생들과 나누는 첫번째 주제는 노동의 개념과 노동의 가치다.

　노동의 가치를 논할 때 어디서든 흔히 주고받는 질문이 있다. "거북선은 누가 만들었나요?" 교육을 시작하기 전에는 당연히 "이순신"이라고 대답했을 법한 학생들도 교육이 진행되면서 다투어 "노동자요."라고 대답한다. 현상수배범 포스터에 '노동자 풍'이라고 쓰는 이 사회에서 이 질문은 여전히 유효하다. 하지만 학생들과 이런 질문을 나누다 보면 내 머릿속에선 조건반사처럼 다른 질문이 이어진다. "사대강은 누가 파나요?" "핵발전소는 누가 짓나요?" 그럴 때마다 오래 전 '학습지 노동자의 노래'를 녹음하던 기억이 떠오른다. 녹음을 부탁받을 때는 학습지 노동자 투쟁에 연대한다는 마음뿐이었는데 막상 녹음이 시작되자 몹시 착잡해졌던 기억이 있다. 당시 나는 학원 강사로 생계를 이어가고 있었고, 특수고용이라는 점에서 학습지 노동자들과 별반 다르지 않은 처지였다. 그래서 더 그랬을까? '당당하게 가르치리라?' '자랑찬 그 이름?' 나는 마음으로까지 그렇게 노래할 순 없었다. 대체 뭘 어떻게 하면 사교육을 당당하고 자랑차게 할 수 있단 말인가? 내가 녹음한 그 노래는 때때로 학습지 노동자들의 투쟁 현장에서 울려퍼졌지만 나는 그 녹음 이후, 어디에서도 그 노래를 부르지 못했다. 그러나 우리의 교육 현실에서 사교육이 아니라 공교육을 한다고 무엇이 얼마나 다를 것인가? 이런 질문 끝에는 매번 노동교육도 이젠 다른 프레

임으로 봐야 한다는 생각이 들지만, 짧은 교육 시간에 이러한 고민들을 다 담을 수 없는 것이 늘 아쉽다.

며칠 전엔 SNS에 총파업을 알리는 선전이 가득했다. 대도시 집중집회를 총파업이라 선언했던 경우가 하도 많아서 이번에도 그리 기대가 되는 것은 아니었지만 나는 여전히 '총파업'이란 단어만 들어도 가슴이 뛴다. 총파업에 동참하려면 나는 무슨 일을 놓아야 할까? 채취나 농사? 비정규 불안정 노동으로 연명하는 시간강사일? 아니면 요즘 나의 최대 일거리인 청소년 노동인권교육? 총파업이 선언된 날, 여수에서 전남 지역 총파업 집회가 열렸지만 나는 가지 못했다. 오전엔 때를 놓치기 전에 심어야 하는 생강과 가지를 심었고 오후엔 임노동으로 수업을 하러 가야 했다. 그리고 저녁에는 SNS를 통해 총파업 집회에 대한 온갖 비판과 푸념들을 보았다. 금속노조 최대 조직인 현대자동차 노조가 파업에 불참했다는 소식도 뒤늦게 들었다.

나는 생각했다. "해고는 살인이다" "현장으로 돌아가자" "비정규직 철폐하라" "최저임금 1만 원" ……. 투쟁현장이 이런 구호들로 가득한 세상에서 민주노총 아니라 그 할애비가 선언을 한다 해도 과연 '총파업'이 실현될 수 있을까? 세월호 참사 이후 '돈보다 생명'이라는 구호가 자주 등장하지만 어쩌면 그건 그냥 자본가나 권력을 향해서만 들이대는 구호가 아닐까? 우리 자신에게는 결코 아니고 말이다. '돈보다 생명', '돈보다 건

강', '돈보다 여가', '돈보다 이웃', '돈보다 자연' ……. 노동 현장에 이런 구호들이 넘쳐날 때에야 우리가 비로소 세상을 멈출 수 있는 게 아닐까 생각한다. 그때야 비로소 우리 아이들의 삶도 '시험보다 놀이', '시험보다 경험', '시험보다 친구', '시험보다 진짜 공부'로 가득찰 테지. 생각은 꼬리에 꼬리를 무는 질문으로 이어졌다. 대체 우리는 하루에 몇 시간이나 일을 해야 인간답게 살 수 있는 걸까? 우리가 사는 데는 대체 얼마나 많은 돈이 필요할까? 이 질문들을 정직하게 직시하지 않고도 과연 총파업이란 게 가능할까?

지금 곳곳에서 벌어지고 있는 투쟁들을 생각한다. 그리고 '현실'이란 이름으로 쫓기는 내 일상을 생각한다. '나는 이런 고민들을 마침내 밭에까지 끌고 들어왔구나.' 싶어 한숨을 쉬면서 다시, 나의 노동을 생각한다. 누군가 또 나에게 직업을 물어올 때 이렇게 대답할 수 있다면 참 좋겠다. "직업 같은 거, 없어요. 전 그냥 산과 바다에 채취하러 다니고 농사짓는 틈틈이 청소년 노동인권교육을 고민하는 사람이에요." '직업을 통한 자아실현'이라는 말은 자기계발서에서나 읊어대면 딱 어울릴 자본주의의 전략이다. 나의 자아가 실현되는 느낌은 역시나 99퍼센트, 돈 안 되는 일을 통해서 온다. 아니면 이런 대답은 어떨까? "저의 노동은 지금 천천히 전환중이랍니다."

꿈이 더 필요한 세상?

귀농을 하고 싶지만 '아이들 교육' 때문에 어렵다는 사람들이 꽤 있다. 그런 사람들은 대개 자식이나 다 키워놓고 노후에나 시골에서 살 거라고 말한다. 때로는 귀농을 결심했으나 아이들 교육 문제로 망설이고 있는 사람들이 우리 아이들의 생활을 매우 궁금해했다.

그래서 어느 달인가 작은아이에게 물었다. "엄마 원고에 네 얘기 좀 써도 돼?" 그랬더니 돌아온 대답. 추천 웹툰이 있으니 한번 보란다. 주변 사람들을 만화의 소재로 써먹기 시작하면서

* 이 글은 2015년 가을에 썼다

결국 주변에 아무도 남지 않게 되어 외롭고 쓸쓸하게 늙어가는 웹툰 작가가 주인공인 만화였다. 헐~ 쓰지 말란 말보다 더 무섭군. 이로써 한동안 나는 내 아이들의 이야기를 빼 놓고는 쓰기 어려운, 교육에 관한 고민들을 원고에 담는 일을 포기했었다. 그런데…….

"우리 아이는 게임말고는 도무지 하고 싶은 게 없어요."

"공부는 못해도 좋으니까, 제발 꿈이라도 있었으면 좋겠어요."

나에게 상담을 청하는 부모들에게 가장 많이 듣는 말이다. 현실이 어떤지, 그렇게 묻는 부모의 마음이 어떤지 모르진 않는다. 그러나 나는 요즘 아이들이 무기력 그 자체라고 말하는 것에 동의하기 어렵다. 어쩌다 보니 나는 고흥에서 초등학생부터 100세 노인에 이르기까지 이런저런 교실에서 가르치는 일로 사람들을 만나게 되었고, 그런 만남을 통해 다양한 경험을 한다.

오랜만에 듣는 "밥부터 먹고 놀아라."

도시나 비교적 큰 학교에 다니는 읍내아이들을 만날 때와 전교생이 30~40명 안팎에 불과한 면단위 학교에 다니는 아이들을 만날 때가 매우 다르다. 읍내에서 만나는 아이들은 대개 도시아이들과 비슷한 느낌이다. 하고 싶은 게 없고, 무엇이든 할 수 있는 자유시간이 주어지면 저마다 손에 들고 있는 핸드폰

속으로 들어가기라도 할 듯 빠져 있는 아이들. 학교에서는 정규수업을 마치고도 온갖 '방과후 학교'에 '돌봄 교실'에 돌아친 아이들이 경제적 형편에 따라 과외로 학원으로 혹은 공부방으로 지역아동센터로 뺑뺑이 도는 현실도 비슷하고, 아이들의 표정은 대개 권태롭다. 오랫동안 정기적·지속적으로 만나 꽤 친해졌다고 생각한 경우에도 아이들과 선생은 깊은 유대를 맺기 어렵고 단속적인 느낌이다.

그러나 시골 면단위 학교에서 만나는 아이들은 눈빛부터가 다르다. 표정은 또 얼마나 생생한지 모른다. 면단위 초등학교에 합창 수업을 하러 갈 때마다 참 신기하다. 처음 그 학교에 수업을 하러 갔을 때, 내가 학교에 들어서자마자 아이들이 따라 붙었다. "누구세요?" "아, 합창 선생님?" "선생님은 어디에 살아요?" "선생님 왜 왔어요?" "합창은 매일 해요?" "우리 오늘 무슨 노래 불러요?" "야아, 합창 선생님 날다람쥐 옷 입었다아~" 어느새 어떤 아이는 내 손을 잡고 있었고, 두 손이 모자라 옷자락을 잡고 있는 아이도 있고, 내 뒤를 졸졸 따르는 아이들에 둘러싸여 나는 수업을 시작하기도 전에 정신이 없다. 어느 날은 암벽타기에 야영에 힘겨운 1박2일을 보낸 아이들이 눈에 가득한 졸음을 참으면서 노래를 부르다가 선생이 용을 쓰면서 조금만 더 힘을 내 보자 하니, 금세 환한 표정으로 목청높여 합창을 한다. 쉬는 시간이 되면 아이들은 피아노 주변으로 모여 어느새 나를 둘러싸고 있다. 내 눈을 가리고 장난을 거는 아이, 내게 안겨 떨어지지 않는 아이, 내게 기대 끊임없이 조잘대는 아이, 쉴 새없이 질문을 쏟아내는 아이들. "선생님은 수박이 좋아요? 딸기가 좋아요?" "선생님은 춤이 더 좋아요? 노래가 더 좋아요?" "선생님은… 선생님은… 선생님은…" 아이들은 어디서든 만나기만 하면 그냥 지나치는 법이 없다. 손을 잡고 안기고 기대고 멀리서 보아도 소리를 지르며 손을 흔든다. 반주자도 없고 마이크도 없이, 초등학교 1학년부터 6학년까지 서른일곱 명의 아이들과 합창 수업을 하는 일은 자면서 끙끙 앓는 소리를 낼 만큼 중노동이지만, 아이들을 만나고 올 때마다 가슴이 무언가로 꽉 차올라 부푸는 느낌이 든다. 한 학기 마지막 수업을 마치고 돌아서면 아이들은 어김없이 묻는다. "합창선생님, 또 언제 와요?" 강사료는 적은 데 비해 힘은 많이 들고 준비할 것도 많아 이번 학기까지만 하고 그만둬야지 하는 결심을 매번 무너지게 만드는, 눈에 밟히는 아이들의 마지막 질문.

중학생 이상의 경우도 행동양상은 다르지만, 마찬가지다. 일단 면단위 학교 아이들의 분위기 자체가 훨씬 밝고 환하다. 때로는 "저렇게 착하고 순박해서야 대체 어찌 이 험한 세상을 사누?" 싶은 아이들을 자주 만나는 것 역시 면단위 학교에서다. 심지어 더욱 신기한 점이 있다. 면단위 시골학교에서 만나서 알고 있던 아이라도 읍내 청소년아카데미 수업에서 만났을 땐 전혀 다른 느낌이 든다. 어떤 환경에서 살고 있어도 이 사회의 중력으로부터 완전히 자유로운 아이들은 없을 것이다. 나는 그런 아이들을 볼 때마다 김샘이 자주 하시는 말씀을 곱씹게 된다. "나쁜 사람들이 모여 살아서 서울이 나쁜 게 아니야. 서울에 사니까 사람들이 점점 나빠지는 거지."

일주일에 한두 번 수업을 나가는 시간제 강사의 단편적인 경험에 불과한 데다 면단위 작은 학교 교사들의 고민을 들어보면 거기도 마냥 해방구인 것은 아니지만, 햇수로 4년간의 내 경험으로 이것은 매우 유의미한 차이다. 아마도 사람들이 흔히 '교육의 경쟁력'이 떨어진다고 느끼는 딱 그만큼 시골학교 아이들은 자유로운 것일 게다. 나는 근 30여 년 동안 들어보지 못해 잊다시피 했던 말을 시골학교에서 다시 들었다. "밥부터 먹고 놀아라." 나는 비록 도시에서 자랐지만, 내가 어렸을 땐 매일 듣던 말이다. 학교를 파하고 집에 돌아오자마자 나는 가방을 내팽개치고 골목으로 뛰쳐나갔다. 다른 아이들도 같았기 때문에 같이 놀 동네친구는 늘 충분했다. 골목골목을 뛰어다니며 치기장난, 다방구, 돈까스, 고무줄놀이, 사방치기, 숨바꼭질…… 이미 학교 운동장에서 '오징어가이상'이나 '십자가이상', '땅 따먹기' 같이 넓은 곳에서나 할 수 있는 놀이를 충분히 하고 온 후였는데도 매일 그랬다. 우리의 놀이는 대개 이 집 저 집에서 대문을 열고 부르는 소리. "밥부터 먹고 놀아라."에서 끝났다. 그 소리는 대개 해가 기울기 시작한 어스름녘에 거의 모든 집에서 비슷하게 들려왔는데, 여름이면 우리는 밥을 먹고 골목길 가로등 아래 다시 모여 끝도 없는 수다를 떨며 놀았다.

어린 시절을 이렇게 보낸 사람, 혹은 시골학교 아이들과 도시학교 아이들의 차이를 경험할 수 있었던 사람이라면 자기 아이를 도시학교에 보내지 못할 것만 같다. 도시에 사는 동안 나는 단지, 내 유년기처럼 우리 아이들을 자라게 하고 싶어서 우리 아이들을 대안학교에 보냈지만, 도시에서 자라게 한 것에 대해서는 늘 미안한 마음이다. 하지만 그건 나 같은 얼치기 엄마의 생각일 뿐, 요즘은 학교에서가 아니면 시골마을에서도 뛰어노는 아이들을 보기 어렵다. 시골아이들도 봄에 피는 꽃을 물어보면 도시에서 자란 내 어릴 적과 크게 다르지 않은 대답을 한다. 개나리, 진달래 이상 진도를 나가지 못하는 것이다. 미처 봄이 오기도 전에 인동초, 동백꽃, 산수유, 생강나무꽃, 매화…… 할 것 없이 피기 시작하여 명자꽃, 민들레, 꿩바람꽃, 복수초, 히어리, 청노루귀, 제비꽃 등등 눈만 돌리면 꽃 천지인 마을에 살아도 말이다. 시골 엄마들은 어떻게든 읍으로라도, 읍내 엄마들은 어떻게든 인근 도시로라도 아이들을 내몰지 못해 안달하는 것을 자주 보게 된다.

"왜 학교는 공부를 못 하게 해?"

여기서 내 생각을 더 이어가려면 아무래도 우리집 아이들의 이야기를 쓸 수밖에 없겠다. 나는 다시 작은아이에게 동의를 구해 본다. 아이는 싫다고 했다. 뜻하지 않게 이 대화는 생각보다 길어졌고 약간은 신경전 양상이었다. 아이가 끊임없이 '왜곡'의 우려를 강조할 땐 살짝 빈정이 상하기도 했다. 어쩌면 아이는 동의를 구하는 나로부터 민주적인 척하는 엄마의 강요를 느꼈을지도 모르겠다. 옆지기가 농담반 진담반 끼어들기도 했다. "여보, 애한테 허락받지 말고 그냥 써. 어차피 얘는《말과 활》안 읽어." 그런데 이상했다. 시간이 지날수록 내 속은 더 부글부글 끓었다. 나는 동시에 '쿨'하게 아이 생각을 존중해주지 못하는 엄마라는 자책도 함께 느껴야 했다. 나도 내가 왜 그런지 잘 몰랐는데 얼마간 내 마음을 살피고서야 내 속이 부글거렸던 이유를 알았다. 그런데 며칠 후, 아이가 먼저 그 얘기를 다시 꺼냈다.

"엄마, 전에 말했던 원고 말이야. 내 얘기도 그냥 써."

"어? 엄마는 이미 포기하고 안 쓰기로 했는데?"

아이는 포즈를 두고 말했다.

"생각해봤는데……, 그건 그냥 엄마 일이잖아. 엄마 말대로 내 얘기가 들어 있어도 그건 결국 엄마 생각이기도 하고."

"음……. 사실 내가 쓰려는 글이 결국은 남들과 다른 선택을 한 아이를 둔 부모가 느끼는 양가감정들을 솔직하게 쓰고 그럼에도 그런 청소년들을 지지한다는 내용이 핵심일 것 같은데……, 그런 내 일이 내 자식의 동의나 지지를 받지 못한다면 아무 의미가 없다는 생각이 들어서 엄마는 그냥 포기하려고 했었어."

"그러니까 그냥 써."

그리고 아이는 부탁을 덧붙였다. 글 말미에라도 엄마 글을 읽고 나서 혹시라도 자기를 만나게 될 사람들이 자기에 대한 선입견을 갖지 않길 바란다고 써 주면 좋겠다고. 나는 내가 어떤 이야기를 쓰든 그 이야기는 아들의 생각이 아니라 내 생각임을 밝히겠다고 했고, 이번 글은 아들에게 가장 먼저 보여주기로 했다. 이로써 나는 어릴 때 내가 지은 별명이어서 내게는 본명보다 더 정겨운 '얌권군'의 이야기를 쓰기 시작한다.

우리 부부가 시골로 삶터를 옮기기로 결심할 즈음 얌권군은 대안초등학교의 졸업을 앞두고 있었다. 얌권군은 제 친구들과 마찬가지로 대안중학교로 진학하길 바랐다. 그러나 직장을 그만두고 자급자족을 목표로 살기로 한 우리 부부는 더이상 대안학교의 학비를 댈 능력이 없어졌다. 우리 부부가 심각하게 대안학교 운동에 대한 회의를 느끼고 있던 때이기도 했다. 따라서 얌권군의 선택지는 좁아졌다. 고흥에서 일반학교로 진학을 하든지 학교를 가지 않든지. 더구나 비인가 대안학교를 졸업한 얌권군이 일반학교로 진학을 하려면 1년을 기다려 검정고시에 합격해야 하기 때문에 자기 또래와 함께 중학교에 진학할 수가 없다. 살고 있던 전셋집은 빠졌지만 고흥에 살 집은 구하지 못한 상태까지 겹쳐 가족간의 갈등을 포함한 이런저런 우여곡절 끝에 우리는 1년간 장기여행을 다녀왔다. 우리는 서울에 살 때 우리 식구가 1년 동안 쓰던 생활비만큼만 전세보증금에서 덜어냈다. 그리고 네 식구가 언제 어디서든 먹고 자고 쌀 수 있다면 여행은 성공이라고 생각하고 여행을 떠났다. 여행과 진학에 관한 최종 결정은 아이들 스스로 하기로 했지만, 사실 나는 장기 가족여행과 얌권군의 제도교육 포기를 꽤 노골적으로 꾀었던 것 같다. 가족여행에 관한 이야기를 쓰자면 따로 지면이 필요할 테다. 어쨌거나 우리 가족이 여행을 마칠 무렵 다행히 우리는 고흥에 살 집을 구했고, 네 식구가 함께 생활의 터전을 옮겼다.

학교에 다니지 않는 아이는 한동안 충분히 심심해하는 것 같았다. 우리가 고흥으로 이사한 지 한 달쯤 지난 어느 날 얌권군이 선언했다. 3월부터 자기는 공부를 하겠노라고. 중학교 과정은 혼자서 공부하겠지만 자기 또래 아이들이 고등학교에 진학하는 해에는 자기도 일반 고등학교에 가겠노라고. 집안일이 좀 바쁘더라도 공부시간만큼은 자기가 학교에 가고 없다고 생각하고 잊어 달라고. 그 선언 끝에 덧붙였던 말이 내 뇌리엔 깊이 박혔다. 자기는 엄마아빠처럼 비주류로 살 생각이 없으므로 엄마아빠의 가치관을 강요할 생각은 하지 않는 게 좋겠다고.

얌권군은 아침 아홉시부터 오후 네시경까지 일과표대로 공부하는 생활을 했다. 솔직히 나는 혼자서 하는 저런 생활이 얼마나 갈까, 생각했던 것 같다. 뜻밖에 그 생활이 6개월은 가더라. 몇 개월이 지나고 있을 때쯤 아이는 공부를 답답해하는 것 같았다. 공부가 재밌어지면 재밌어질수록 더 그렇다고 했다. 가령 자습서를 보고 공부를 하다가 흥미로운 게 생기면 자기는 그것에 대해 더 찾아보고 더 많은 공부를 하고 싶은데, 자습서나 문제집은 도무지 그럴 여지가 없다는 거였다. 또한 그런 식으로 심화학습을 하고 싶은 과목과 그렇지 않은 과목에 차이가 큰 것 같았다. 그러던 끝에 어느 날 얌권군은 제2의 선언을 한다. 정말로 자기가 하고 싶어서 하는 '진짜 공부'를 하겠다고 선언하신 것.

그 후로 얌권군은 자습서와 문제집을 책장 한 귀퉁이에 처박아두고, 책을 읽었다. 두꺼운 대학노트 몇 권을 사서 읽은 책의 내용을 정리하고 자기 생각도 덧붙여 쓰곤 했다. 그런 공부를 하면서는 가끔씩 내게 질문을 하기도 하고, 나와 토론을 하기도 했다. 수학 문제집을 푸는 일은 그만두었지만, 가끔씩 방문을 열어보면 여전히 스케치북에 열심히 작도를 하고 있기도 했다. 얌권군은 특히 기하학에 흥미를 느꼈는데 어쩌다간 흥분

된 얼굴로 방에서 뛰어나와 나에게 말하기도 했다. "엄마, 놀라지 마. 내가 아무래도 노벨상을 받을 만한 새로운 발견을 한 것 같아." 물론 얼마쯤 지나면 자기가 했다는 발견은 이미 수백 년 전에 다른 수학자가 해 놓은 거라는 걸 알고 실망하곤 했지만, 이른바 정규교육을 받지 않은 아이가 자기 나름의 연구로 발견한 공식들이 빼곡한 공책과 스케치북은 엄마인 나를 충분히 심란하게 했다.

한때는 과학고에 들어가겠다고 나름 포부 충만했다가 과학고 입시의 현실을 알고 난 뒤 포기한 아이였다. 입시학원을 하는 지인과 과학고 진학상담을 나눈 후 말했었다. "엄마, 나 과학고 안 갈래." "왜?" "과학고는 수학과 과학을 정말 재밌어하는 나 같은 아이가 가는 학교가 아닌 것 같아." "그럼 어떤 아이들이 가는 데래?" "어렸을 때부터 선행학습을 해 왔고, 중3때는 대학교 수학과 교육과정의 일부까지 이미 선행학습을 하고 있는 아이들." 나는 꽤나 열심히 지인들을 찾아다니며 방법을 찾았지만, 이런 아이의 재능과 적성을 키워줄 만한 교육은 대한민국 어디에서도 찾지 못했다. 과학고를 포기한 후 얌권군에게 수학은 다시 놀이 이상이 되지 못했다. 어찌됐건 얌권군은 자기 흥미를 끄는 대로 닥치는 대로 책을 찾아 읽으며 대학노트를 채워 갔다. 나는 이즈음 아이가 무슨 말인가 끝에 소리쳤던 말을 잊을 수가 없다. "엄마, 대체 왜 학교는 공부를 못 하게 해?" 친구들을 사귀자니 진학을 해야겠는데, 막상 공부에 재미가 붙으니 공부를 하려면 외려 학교를 포기해야 할 것 같다면서 속상해하던 얌권군. 그렇게 6개월쯤이 흘렀다. 어느 날 얌권군은 다시 한번 선언을 한다.

"엄마, 나 공부 때려칠래."

"왜?"

얌권군은 내가 했던 충고를 환기하며 자기가 몸은 없고, 머리만 큰 가분수가 되어가는 것 같다고 했다. 듣고 보니 내가 그런 말을 했던 것 같기도 하다. 학교에 다니지 않는 왼손잡이 청소년 얌권군은 교육 문제나 인권 문제에 관해 매우 민감한데 때로는 제 엄마랑도 설전을 벌이거나 싸울 때가 있다. 싸움이 시작되면 나도 여간해선 져 주지 않는 편이라 가끔은 "네 인권만 인권이냐? 엄마나 다른 사람의 인권은 인권이 아니고?"라며 꽤 유치해지기도 하지만, 싸움 양상이 아닐 때도 나는 걱정스런 마음에 충고할 때가 있었다. "설령 결론은 같더라도 그 사람들이 왜 그런 건지부터 생각해봐야지." 아마도 그 끝에는 사람에 대한 섬세한 이해가 없는 논리는 아무리 옳은 말이라도 위험한 거라는 말도 했던 것 같다.

"그래? 그럼 이제 뭘 하고 싶어?"

"글쎄, 당분간은 그냥 놀면서 뭘 하고 싶은지 생각해볼래."

"그래, 그럼 그렇게 해."

대답은 쿨하게 했지만, 내 맘까지 편한 건 아니었다. 아이들이 크는 것을 지켜본다는 건, 끊임없는 기다림과의 싸움인 것 같다.

얌권군의 오카리나

얌권군은 한동안 도서관에서 빌려온 소설책을 죽어라 읽더라. 도서관에선 계절마다 다독상을 받아오기도 했다. 얌권군의 방 한귀퉁이에는 언제나 바둑돌이 놓인 바둑판이 있었고, 가끔은 바둑책을 붙잡고 씨름을 하는 것 같기도 했다. 초등학교 때 만들었던 생태 문제를 주제로 한 보드게임을 꾸준히 연구하고 업그레이드하기도 했다. 여전히 수학은 얌권군에게 가장 재미있는 놀이 같았다. 수학을 전공한 지인은 물론 나눗셈조차 못하는 초등학생이라도 수학을 좋아하는 사람을 만나면 같이 노느라 정신이 없었다. 그런 걸 하며 같이 놀 사람이 없는 게 엄마로서는 늘 안타까웠다. 가끔씩은 얌권군의 방에서 오카리나 소리가 들려왔는데, 언젠가부터 그 소리가 자주 들렸다.

그러던 어느 날. 꼭 보고 싶은 공연이 있다고 했다. 오카리나 신동으로 알려졌던 작곡가이자 연주자인 한태주 씨의 오카리나 공연. 덕분에 가족나들이삼아 지리산 숲속에서 함께 공연을 보는 내내 얌권군은 매우 진지했고 한편으론 들떠 있는 것처럼 보이기도 했다. 공연이 끝나기를 기다려 얌권군은 연주자에게 다가가더라. 낯선 사람을 사귀는 일에 매우 소극적인 아이라서 우리 부부에게는 좀 뜻밖이었다. 알고 보니 그 연주자가 일찌 감치 학교를 그만두고 자기 길을 가고 있다는 사실이 얌권군에 게 매우 동질감을 느끼게 했고, 자신감까지 주었던 것 같다. 어 찌됐건 제 또래와 함께 일반 고등학교에 진학을 하겠다던 아이 가 진학을 하지 않기로 결심한 것도 그 무렵인 것 같다. 한태주 씨도 그런 얌권군이 인상적이었는지, 그날 그 자리에서 얌권군 은 그 연주자의 다음 공연에 게스트로 초대를 받는다. 그것을 계기로 얌권군과 한태주 씨의 인연은 '형' '아우' 하는 사이로 이어졌고, 얌권군은 자기 길에 대해서 심각하게 고민을 하는 것 같았다.

한태주 씨와 함께 하는 가을음악회 무대에 섰던 얌권군을 태 우고 집으로 돌아오는 길에 내가 얌권군에게 물었다. "너 혹시, 한태주 씨처럼 오카리나 연주를 업으로 할 생각도 있어?" 얌권 군은 대답했다. "아직 고민중이야. 조금만 더 생각해보고 대답 할게." 사실 나는 걱정부터 앞섰다. 음악이라고? 하고 싶은 게 무려 음악이라니~ 그나마 첼로나 기타 같은 비싼 악기를 선택 하지 않은 걸 다행이라고 해야 하나? 오카리나만 해도 음역별 로 다양한 악기가 필요하고 얼마 전까지 제 형이 초등학교 때 불던 오카리나를 쓰던 얌권군에게 나는 연주용 악기를 하나 사 준 상태였고, 한태주 씨에게 얌권군이 선물로 받아온 악기도 있긴 했다. 한태주 씨 집에 드나들면서 얌권군은 좋은 연주자가 되면 악기를 돈 주고 사서 쓰는 게 아니라 악기사로부터 후원을 받아 쓸 수 있다는 걸 알게 됐고, 그밖에도 독학으로 연주자 및 작곡가가 된 한태주 씨는 여러 가지 면에서 얌권군에게 영향을 미쳤다. 물론 내 걱정이 비싼 악기 값에 있는 것만은 아니었다.

그로부터 열흘쯤 지났을 때 결국 얌권군은 음악을 하겠다고 선언한다. 나는 내 경험에 대해 얌권군에게 들려주었다. 주로 이 사회에서 '직업'이라는 것의 의미와 아무리 좋아하는 일일지라도 직업이 되면 좋아하는 일만 할 수 있는 일이 아니라는 것, 오히려 음악을 마냥 즐기고자 한다면 직업이 아니라 취미인 편이 나을지도 모른다는 취지였던 것 같다. 그럼에도 각오가 되어 있느냐고 내가 물었다. 얌권군의 결심은 단호했다. 나는 결국 아들의 선택을 지지하고 응원하기로 한다.

얌권군이 하루종일 집에서 오카리나를 불고 있는 건, 우리 식구들에게는 고역이었다. 그나마 시골집에서 살 때는 집에서든 마당에서든 식구들만 양해하면 마음껏 연습할 수 있었는데, 읍내 아파트로 이사 오고부터는 사정이 달라졌다. 얌권군은 공원으로 산으로 사람들을 피해 다니며 연습을 해야 했다. 두어 달 그렇게 악조건에서 연습을 하던 끝에 다행히 고흥군 청소년문화의집에서 악기와 방음시설이 갖춰진 연습실을 무료로 쓸 수 있게 됐다. 학교에 다니는 학생들과는 연습실 사용시간대가 다른 덕분에 개인연습실이 생긴 셈. 운이 좋아서 그 즈음부터 피아노, 작곡, 대금까지도 거의 돈 들이지 않고 공부하고 있는데 좋은 선생님들을 만난 것 같다. 그렇게 또 6개월쯤이 흘렀을 때, 얌권군의 오카리나 연습이 시들해지는 것 같았다. 대부분 혼자 자기 시간을 꾸려 가며 뭔가를 해낸다는 것이 원체 쉽지 않은 일이기에 그러려니 하다가도, 신경이 쓰였다. 하고 싶은 게 생기면 꽤 몰두하는 편이지만 대개 6개월 단위로 싫증을 내는 아이였다.

그러던 어느 날. '내일을 위하여 오늘의 행복을 희생하지 않는다'는 교육철학에 매우 충실했던 얌권군이 묻는다.

"엄마, 내가 만약 또 오카리나가 싫증나서 그만둔다고 한다면, 나는 그 어떤 것도 끝까지 해낼 수 없는 사람인 것이 아닐까?"

"그럴 수도 있고, 아닐 수도 있지."

"??"

"오카리나보다 네 적성에 더 맞는 일을 찾지 못한 걸 수도."

"사실은 그게 음악 아니라 어떤 일이라도 싫증이나 힘든 과정을 이겨내야 내가 원하는 만큼 실력을 쌓을 수 있게 되는 거 아니야?"

"그런 생각이 들어?"

"어차피 뭘 해도 마찬가지일 것 같고, 그러니 더더욱 남이 시키는 일이 아니라 내가 하고 싶은 일을 해야 할 것 같은데……."

얌권군이 심각하게 한동안 고민하더니 어느 날.

"엄마, 나 그냥 오카리나 계속 할래."

"왜?"

"나는 무슨 일을 하든 고비를 넘기고 어떤 경지에 이르는 경험을 해 보지 못한 것 같아. 그래서 이번에는 한번 도전해보려고."

열여섯 살에 그것을 스스로 깨달은 아이가 몹시 대견했지만, 한편으론 매우 심란한 게 또 어미 맘이다. 이 세상 어떤 일도 즐거움만 있는 건 아니라는 것. 때로는 싫증을 이기고 때로는 고통스런 노력을 끊임없이 하기도 해야만 누릴 수 있는 것들이 있다는 걸 스스로 깨달았다면, 그 다음은 아마도 '아무리 고통스런 시간을 이겨내고 노력해도, 안 되는 일이 있다'는 걸 깨달을 차례일 것. 그것이 재능에 대한 것이든 조건에 대한 것이든 언젠가 깨달아야 한다면 그 역시 스스로 깨달을 일. 그러니 은수저를 물고 태어나게 해주지 못한 어미 맘은 그리 폼날 수가 없다. 이 아이가 '그 다음'을 깨닫게 된다면 그건 몇 살쯤일까? 때로 슬럼프를 겪는 아이를 지켜보는 내 맘은 늘 짠하고 불안했다. 때때로 나는 잔소리를 퍼붓는 것으로 내 불안을 감추지 못했는데 당연히 그때마다 아이랑 다투게 되었다. 나는 곧잘 뒤늦은 사과를 하곤 했지만 얌권군이 내 마음까지 이해했는지는 잘 모르겠다. 그럼에도 얌권군은 오히려 먼저 내게 사과하는 일이 많았다. 늘 애보다 못한 에미다 싶어 부끄러운 한편 스스로 자기 길을 열고 한 발 한 발 내딛고 있는 아이를 보는 일은 가슴이 벅차오를 만큼 대견했다. 그럴 때마다 나는 외려 아이가 아니라 나를 다독이곤 했다. '만일 이 아이가 그 좌절을 겪지 않아도 된다면 아마도 이 아이에게 계급적 각성이라는 것도 없을 테지.' 하면서.

'이런' 세상을 만든 책임

다시, 하고 싶은 게 없고 꿈이 없고 무기력 그 자체여서 걱정이라는 부모들의 고민으로 돌아가 보자. 얌권군은 어느새 열여덟 살이 되었다. 고흥에 올 때 열네 살이던 아이가 열여덟이 되기까지 학교에 다니지 않으니 보충수업도 자율학습도 있을 리 없고 뺑뺑이 돌 학원이 있는 것도 아니었는데 얌권군은 늘 시간이 모자라는 사람처럼 보였다. 최근엔 수화를 배우고 싶어졌는데, 시간이 없어 못 하고 있단다. 아이가 하고 싶은 일을 다 적자면 아마 끝도 없을 거다. 나는 이게, 얌권군에게 꼭 해야만 하는 일이 없었기 때문에 가능했다고 생각한다. 꼭 가야 하는 학교도 없고, 꼭 해야 하는 공부도 없고, 결정적으로 꼭 가져야 하는 꿈도 없고……. 초등학교 다닐 때까지 그 이상 놀래야 놀 수 없을 만큼 충분히 뛰어놀았고, 초등학교를 졸업한 후엔 충분히 심심했던 시간이 아이에겐 있었다. 그리고 아이는 바로 그 놀이의 경험과 심심함의 시간들을 통과하며 자기의 욕망들을 하나씩 하나씩 발견하는 것 같았다.

아이가 어렸을 때 나도 아이에게 꿈이 뭐냐고, 뭐가 되고 싶냐고 물은 적이 있었다. 얌권군은 내 질문을 간단히 일축했다. "꿈이 꼭 있어야 돼? 엄마는 초등학교 때 지금 하고 있는 교육활동가가 꿈이었어?" 아이 앞에서 나는 창피해서 몸둘 바를 몰랐다. 심지어 스무 살 이후로 나는 믿어 왔던 것이다. 무엇을 할 것인지는 그리 중요하지 않다. 정작 내가 놓지 말고 살아야 할 중요한 질문은 '어떻게 살 것인가'다.

그때 이후 나는 아이들에게 '뭐가 되고 싶냐'거나 '뭘 하고 살 거냐'는 따위의 질문을 나름대로는 삼가는 편이다. 나는 나이 서른에도 몰랐던 걸 왜 얘들은 십대 때 이미 알아야 하나? 어른들이 알고 싶은 아이들의 꿈이란, 그럴듯하게 포장해 봤자 사실상 직업에 국한된 것 아닌가? 지금 성인들이 가진 직업은 죄다 어릴 적 꿈이었나? 설령 현재 어릴 때 꿈꾸던 직업을 가진 사람이라도 그런 사람은 다들 행복하신가? 전에도 쓴 적 있지만 직업을 통한 자아실현이란 말은 대개 '자기계발서'에서나 읊어대면 어울리는 자본주의의 전략이다. 나의 자아가 실현되는 느낌은 99퍼센트, 돈 안 되는 일을 하고 있을 때 온다.

한편, 사람은 미리 정한 목표가 있어야 그것을 향해서 열심히 가는 거라고 생각하는 경우가 많은데 내 생각은 좀 다르다. 오히려 자기가 좋아하는 일을 위해 몰두하는 과정에서 목표도 생긴다. 그리고 그 목표란 언제든 수정가능한 것이고, 또 수정 가능해야 한다. 가다가 다 못 가면 아니 감만 못하다지만, 가다 가 다 못 가도 간 만큼 인생엔 배우는 게 있다. 시행착오야말로 인생을 배우는 데 최고의 경험치일지도 모른다.

아이가 어떤 일에 관심이 생겨서 뭘 하고 있을 때 내가 그것 을 돕고자 나서면 얌권군은 때때로 내게 충고하곤 했다. "엄마, 또 앞서간다. 항상 나보다 딱 한 발짝만 뒤에 있으랬지?" 지적 받으면 나는 바로 물러서야 했다. "아, 미안~ 엄마라는 인간들 이 원래 쫌 그래. 네가 이해해."

우리 집엔 두 가지 정도의 룰이 있다. 자기가 먹고 입고 쓰는 기본적인 살림은 스스로 할 줄 알아야 한다는 것. 또 내가 무언 가를 갖고 싶거나 하고 싶을 때, 그게 정말 자기가 원하는 건지 한 번쯤 다시 물어줄 것. 그 외에 아이들이 꼭 해야 하는 의무 라는 건 우리 집에 없다. 꿈을 꿀 시간도 주지 않으면서 끊임없 이 물어대는 "꿈이 뭐냐?"는 질문은 아이들에게 폭력적이다. 정 작 아이들을 무기력하게 만드는 건, 이 사회가 똘똘 뭉쳐 강요 하는 욕망들. 그리고 아이들보다 언제나 엄청 앞서가는 부모들 의 욕망이라고 나는 생각한다.

여기까지만 자신있게 말하고 글을 마칠 수 있다면 정말 좋 겠다. 그러나 엄마로서의 나와 개인으로서의 나는 자식의 미 래를 두고 늘 갈등을 겪는다. 우리 부부가 이제나저제나 기다리고 꿈꾸는 것은 바로 아이들의 자립이다. 아이들이 어릴 때부터 우리는 아이들에게도 노래를 불러왔다. 너희들이 커 가는 동안 너희들이 원하는 삶이라면 엄마아빠는 능력이 닿는 데까지 지지하고 응원할 수 있지만, 너희들은 성인이 되는 순간 자립을 해야 한다고. 늙어서 힘이 다할 때까지 자식들만 바라보고 모든 걸 퍼 주는 것을 당연하게 알던 부모 슬하에서 자란 우리 세대에게 그것은 일상의 순간마다 피나는 노력이 필요한 결단이기도 하다. 자식을 독립된 인격으로 존중하기 위해, 자식에게 내 인생을 투사하지 않기 위해, 자식에게 의존하며 짐이 되지 않는 인생을 살기 위해, 우리는 자식이 성인이 되기까지 희생 대신 책임과 보호를 다하되 성인이 되면 각자의 자립적이고 독립적인 삶을 꿈꾸었던 것이다.

그러나 스무 살이 넘은 자식이 아직 경제적인 자립을 하지 못하고 있을 때, 자식에게 노후를 의탁할 생각이 없는 부모는 언제까지 또 얼마만큼 자식을 지지하고 응원해야 하는 걸까? 청년실업 400만 시대, 알바노동자 500만 시대, 서른이 넘어도 여전히 알바를 하는 취업준비생이 수두룩한 시대에 이 질문은 결코 단순하지 않은 고민이 된다. 그래서 나는 자식을 제 부속쯤으로 아는 부모들에게도 화가 나지만, 무조건 자녀를 지지하는 것이 존중인 양 공자왈 맹자왈 하는 말들에도 동의는 할지 언정 공감이 안 될 때가 많다.

최근 종이접기 할아버지가 20년 만에 방송에 나와서 20년 전 어린이였던 청년들에게 했다는 말이 수많은 청년들을 울렸다는 소식을 들었다. 어느 기자가 SNS에 그와 관련하여 쓴 글을 읽으면서, 부모 된 입장의 내가 당사자의 글에는 공감의 눈물이 나더라. 우리 아이들을 키우면서도 늘 느끼는 것이지만 부모가 아무리 안달을 한댔자 자신의 미래에 대해 가장 불안하고 두려운 것은 정작 아이들 자신이다. 오히려 부모가 앞장서서 자기 불안으로 아이들을 몰아칠 때, 아이들의 불안과 책임감은 유예되는 경향이 있다. 그리고 무엇보다, 그래도 대학이 어느 정도의 신분상승을 꾀하는 수단이었던 시대를 살았고, 허리띠를 졸라매면 그래도 조금은 나은 살림을 기대할 수 있었던 시대를 살았던 우리가, 결국은 이른바 삼포세대가 살아내야 할 세상을 만들었다는 게 자명한 사실 아닌가? 세상에 대고 "요즘 애들은 어쩌고저쩌고……"를 떠드는 꼰대가 된 사람이라도 부모로서는 이런 세상을 만든 책임까지 감당해야 하는 시대가 된 거다. 사정이 이렇다면 나의 미래는 어떻게 되는 걸까? 나는 필연적으로 보상을 기대하게 되는 '희생'이라는 생각 없이 내 아이들을 끝까지 지지하고 응원할 수 있을까? 이 고민은 우리 부부에게 가장 어렵고 늘 현재진행형인 숙제다.

우리 부부는 우리 아이들의 남다른 선택에 대해 불안하지 않냐고 다른 부모들이 물을 때마다 되묻곤 한다. "남들과 똑같이 키우면 자식의 미래가 안 불안한가요?" 그렇다. 학교를 다니든 다니지 않든, 대학엘 가든 안 가든 어떤 선택을 한 자식을 두었더라도 자식의 미래를 그리는 부모 마음이 불안하지 않을 수는 없다. 다만 우리 부부는 자식 걱정으로 잠 못 이룰 때마다 우리 욕망을 자식에게 투사하는 대신, 우리 자신의 삶을 돌아볼 뿐이다. 때로는 부끄러움에 떨며 반성하기도 하고, 때로는 서로를 토닥이며 위안하면서. 우리가 기댈 것은 금언처럼 새기는 단 하나의 진실밖에 없다. "자식은 부모가 바라거나 가르치는 대로가 아니라, 부모의 옆모습을 보고 자란다."

시골에서 여성으로 산다는 것

《말과 활》에 연재를 시작할 때는 내가 고흥으로 이사 온 지 2년이 채 안 되었을 때다. 지금은 고흥살이 6년차가 되었으니, 이 책에 실린 글을 쓸 때로부터 짧게는 3년에서 길게는 5년여의 시간이 흘렀다.

그 사이 스물세 살이 된 큰아이는 이미 독립을 해서 따로 살고 있고, 이제 막 스무 살이 된 작은아이는 '경제적 자립'을 전제로 어떤 방식으로 부모로부터 독립할 것인가를 놓고 요즘 나와 격렬하게 토론하며 자립을 준비하느라 바쁘다. 집터를 사놓고도 소유권 이전이 오래 걸려 지난봄에야 집을 짓기 시작한 옆지기는, 기계를 불렀으면 한나절이면 했을 기초 공사를 삽과 곡괭이만으로 몇 달 동안 끙끙대면서 마치더니 요즘은 구들방을 만들기 위해 시근담을 쌓고 있다. 나는 지금 전남 청소년노동인권센터에서 교육위원장이라는 직책을 맡아 본래 고흥에 살러 온 뜻을 잠시 유보하고 있다.

내가 전남에 이사 온 지 2년쯤 되었을 때 나는 해마다 현장실습에 나가서 죽거나 크게 다쳐서 돌아오는 특성화고 학생들 소식을 접하게 된다. 그뿐 아니라 50퍼센트가 넘는 청소년들이 이미 '알바'라는 이름의 밑바닥 노동에 내몰려 착취당하고 있는 현실을 알게 된다. 마침 그때 이러한 현실의 심각성을 절감하고 '청소년 노동인권교육'을 위해 강사단을 만들려고 한다는 소식이 들려왔다. 그때쯤 나는 한창 고흥에서 채취와 농사의 재미를 배워가고 있을 때였는데, 누군가 "지금 전남에서 이런 일이 시작되고 있는데 명인 씨는 꼭 알고 있어야 할 것 같아서요."라며 연락을 해 왔을 때 그 소식만큼은 도무지 모른 체하기가 어렵더라. 나는 결국 '전남 청소년노동인권센터'를 만드는 일에 참여하게 되었고, 어쩌다 보니 지금은 전남 지역 48개 특성화고등학교와 일부 일반 고등학교에서 '청소년 노동인권교육'을 진행하면서 강사들을 양성하는 일을 맡아 하고 있다. 그러다 보니 고흥에 살고 있지만 전남 전역을 돌아치는 일도 자주 있는데, '전남 청소년노동인권센터'가 어느 정도 자리를 잡을 때까지만 하자고 시작한 일이 벌써 3년을 훌쩍 넘기고 있다. 어쩌다 보니 이렇게, 처음 고흥에 올 때 생각했던 것과는 조금

다른 삶을 살고 있지만 나는 옆지기와 시시때때로 토론하고 삶
의 방향을 점검하면서 나름의 계획을 세우고 있다.

옆지기가 우리가 살 집을 다 짓는 시점이 또 한 번 우리에겐
전환의 계기가 될 것 같다. 읍내에서 시골마을로 다시 들어가
는 것, 아이들이 어떤 방식으로든 경제적 자립을 시작하는 것,
내가 전남 전역을 돌아치는 활동을 정리하고 다시 고흥에서 뿌
리를 내리는 것, 그와 함께 나는 오십 살이 되었을 때 내 인생
에서 처음으로 나에게 온전한 안식년을 줄 기대에 부풀어 있기
도 하다.

죽었다 깨나도 익숙해지지 않는

한편《말과 활》에 연재할 당시 미처 쓰지 못한 이야기들 중
내가 가장 많이 생각하며 사는 것은, 무엇보다 '시골에서 여성
으로 산다는 것'이다.

고흥에 온 뒤로 나는 '남편 잘 만나서 여왕대접 받고 사는 여
자' 취급을 받을 때가 많다. 단지 자기가 먹을 밥은 알아서 해
먹을 줄 알고, 자기가 입을 옷은 알아서 빨아 입을 줄 알고, 자
기가 살고 있는 집은 알아서 청소할 줄 아는 세 남자와 살고 있
다는 이유만으로 그것도 여성들에게. 간만에 밑반찬이라도 좀
해 두려고 냉장고를 열었다가 열 일 제치고 하루종일 냉장고
청소와 정리를 하거나, 내가 삶기 전에는 아무도 신경쓰지 않

는 행주 같은 것은 몽땅 내 차지인데도 말이다. 내 손님들이 집에 왔을 때 옆지기가 과일이라도 깎아 내오면, 여자들은 부러움의 탄성 속에 대놓고 시샘들을 감추지 않고 남자들은 내 옆지기가 무슨 모지리라도 되는 줄 안다. 내 손님들이 집에 오면 식사는 밖에서 하거나 시켜먹고 옆지기는 후식 정도만 준비하지만, 옆지기의 손님들이 집에 오면 나는 한 요리 해서 밥상에 술상까지 차려내는데도 말이다.

밭일은 당연히 여자 몫이라고 여기는 시골사람들에게 주로 혼자서 밭일을 할 때가 많은 옆지기는 참 '안 된 사람'이다. 그걸 안쓰럽게 여겨 가끔씩 참을 건네는 마을 할머니들은 어쩌다 내가 밭에 가면 적대감을 숨기지 못할 때마저 있다.

화력발전소 반대 투쟁부터 박근혜 정권 퇴진 투쟁까지 지역에서 이런저런 사안에 연대해 온 운동사회라고 해도 크게 다를 것은 없다. 처음 만나면 일단 나이부터 까고 형님아우가 결정되는 남성 서열을 기준으로 나는 '형수님' 혹은 '제수씨'가 되고, 심지어 옆지기보다 나이가 많은 남성은 내게 '시숙'이 되며, 나보다 나이가 적은 여성이라도 옆지기보다 나이가 많은 남성의 부인은 내게 '형님'이 된단다.

6년이 지났어도 여전히 '형님', '시숙' 소리는 죽어도 안 나오는 나와는 달리 옆지기에겐 호형호제하는 지인들이 엄청 생겼고, 이런 문제로 우리 부부는 수차례 격렬한 토론과 싸움을 해야 했다. 옆지기조차 자기보다 나이가 적은 여성에게 남성 서열을 기준으로 '형수님'이라고 부른다든지, 가끔씩 누구보다 앞장서서 지역 행사나 집회 뒤풀이를 남성 중심의 술 문화로 만들어 버린다든지……. 그럴 때마다 그날은 논쟁으로 시작해서 부부싸움으로 번지기도 한다. 수없이 나에게 경고를 먹고도 옆지기는 점점 가부장적인 문화에 익숙해져 가고, 우리는 여전히 딱히 이렇다 할 '답'을 찾지 못한 채 끊임없이 다투면서 토론하고 있는 문제가 바로 '가부장제와 농촌사회'다.

도시에 살 땐 성평등지수에서 대한민국 남성 중 상위 5퍼센트 안에 드는 남자 소리를 듣던 사람이 외지인으로 농촌사회에 빨리 안착하기 위해서 가장 먼저 익혀야 하는 것이 '가부장성'이라는 건 오래 곱씹어야 할 숙제다. 사실 남성 중심 문화가 편하지 않은 남성도 많고 옆지기도 그런 편에 속하기 때문에, 가부장적인 농촌남성들과 생각보다 빠른 친화력을 갖게 된 옆지기 역시 때로는 부대끼면서도 선택한 전략이었을 것이다. 관광버스를 대절해서 서울 집회에 다녀오던 날, 새벽에 고흥에 버스가 도착했을 때 남은 음식이며 짐이며 처리해야 할 것이 태산인데, 우리가 탄 버스의 지기를 맡았던 농민회 후배가 토박이인 다른 사람들 다 가게 놔두고 당연히 옆지기를 먼저 찾았다. 그걸 보니 나조차 옆지기가 대견하단 생각이 먼저 들더라. 고흥에 오기 전엔 일면식도 없었던 그 후배에게, 적어도 그 버스에 탄 사람 중에 제일 편하고 가까운 사람이 옆지기란 건데, 그건 이제 외지인이라는 딱지를 어느 정도는 떼었단 뜻이기도 하니까.

하지만 나와 이런 주제로 이야기를 나누던 중 옆지기는 이런 고백을 한다. "처음엔 농촌사람들과 빨리 한편을 먹기 위해서 그렇게 행동하는 게 나도 참 어색하고 불편했는데, 이젠 내 모습에 대한 문제의식을 못 느낄 만큼 나도 그 문화에 젖어든 것 같아." 나에겐 죽었다 깨나도 도무지 익숙해지지 않는 그 문화가 남성인 옆지기에겐 처음부터 그랬던 사람처럼 자연스러워진 일이라는 것, 아마도 그게 가부장제가 기득권을 가진 남성에게 가하는 중력일 터. 나는 옆지기에게 말했다. "농촌남성들과 한편을 먹자고 나랑 같은 편이길 포기하는 건 좀 이상하지 않아? 당신은 농촌사회에 안착하는 일조차 나와 달리 너무 쉬운 전략을 택한 거지." 옆지기도 어렵지 않게 동의했지만, 실천적인 층위에서는 여전히 쉽지만은 않은 문제들이다.

또한 내가 서울에 살 때와 가장 달라진 점은 무엇보다 내가 맺고 있는 관계의 지형도다. 서울에 살 때라면 말을 섞을 일도 거의 없었을, 가령 나와는 정치적 입장도, 정서도, 문화도, 주요 관심사도 매우 다른 사람들과 내가 사생활을 나눌 정도로 매우 가깝게 지내고 있다는 것. 호불호가 분명한 편인 데다 친소관계에 따라 아닌 걸 기라고는 도무지 못하는 성질머리라 평소

'까칠하다' 소리깨나 듣는 편이고, 넓고 얕은 인간관계엔 피로를 몹시 쉽게 느껴서 서울에 살 때는 주로 말이 잘 통하는 소수의 사람들과만 어울려 지내던 내가 말이다. 서울에 살 때라면 좀더 솔직히 말해 내가 참 싫어했을 만한 사람들과도 나는 이제 흠뻑 정들어가고, 크고작은 도움을 주고받는다. 때로는 깊숙한 삶의 고민들을 나누고, 때로는 함께 일을 도모하기도 한다. 내가 나와는 이렇게 '다른' 사람들과 지금처럼 가깝게 지낼 수 있다는 것은, 서울에 살 때는 상상도 하지 못했던 일이다.

가령 어젯밤 같은 일은 과거의 나를 생각하면 내가 생각해도 참 생경하다. 옆지기가 읍내 술친구인 남자들끼리 만나 저녁을 먹고 당구를 친다더니 갑자기 나한테 전화를 했다. 지금 2차 술자리인데 좀 나오란다. 누구네 집 상담이 필요한데 다들 그건 아무래도 내가 해 줘야겠다고 한단다. 외투만 걸쳐 입고 슬리퍼를 끌고 나가 보니 남정네 셋이 맥주잔을 기울이고 있다. 몇 년을 가르쳤어도 여전히 나를 '형수'라고 부르는 것에 예전 같으면 파르르 떨었을 내가, 그런 것 따위는 대수롭지 않게 뒤로 하고 남의 부부 갈등에 이런저런 잔소리를 해댄다. 그 와중에 내 잔소리를 듣던 친구가 잠깐 밖으로 나오라기에 무슨 얘길 나한테만 따로 하려나 싶어 따라 나갔더니 으슥한 골목길로 데려가 나에게 담배를 내민다. 불을 붙여 주고 내가 담배 한 대를 다 피울 때까지 지켜서서 나를 가려 주고 있더라. 자기들은 대로에서 어깨 펴고 당당하게 담배들을 피우지만, 한 다리 건너면 다 아는 사람인 동네에서 나름은 여성흡연권을 보장해 주겠다는 배려다.

공략하기보다는 낙후시켜라

한번은 우연히 나랑 동갑인 농민회 사람들이 몇 있던 자리에서 논쟁이 벌어졌다. 나도 이름 있는데 언제까지 '형수님'이라고 할 거냐고 했다가 시작된 논쟁이다. 갑장끼리 친구먹자니 좋아하는 사람도 없진 않았지만, 뜻밖에 비교적 평등한 부부관계로 지내고 있다고 알려진 남성이 꽤 완강하게 거부를 한다. 나랑 자기가 친구먹는 건 별 문제가 아닌데, 이 지역에선 그러면 자기가 형님(내 옆지기)을 얕보는 게 돼 버린단다. 다시 말해 자기보다 나이가 어린 사람이 자기 아내와 나이가 같거나 많다고 하여 자기 앞에서 자기 아내에게 형수라 하지 않고 이름을 부르면 자기를 얕본다고 여겨져서 기분이 나쁘다고. 그런 얘길 좀더 자세히 듣고 나니 그 사람들의 정서에 다가가는 건 생각보다 더 시간이 필요한 일이구나 싶더라. 거기서 '남성 중심 서열 문화'가 어떻다느니 '가족주의'가 문제라느니 떠들어봐야 그들에겐 참 먼 나라 얘기다. 일단 후퇴. 나는 그냥 마치딴 얘기라도 하듯이 능청스럽게, 결혼하고부터 특히 시골에 오고부턴 더더욱 이름을 잃어버린 내 얘기를 들려줬다. 그랬더니 옆에 있던 옆지기가 고흥 이외에 나와 함께 가는 거의 모든 자리에서 '형부'나 '사부님'으로 불리는 자기 얘기를 보탠다. 고흥 이외의 곳에서는 내가 더 적극적으로 사회 활동을 하는 편이기 때문에 내 옆지기의 인간관계는 대개 나를 중심으로 맺어지기 때문이다.

어느 정도는 공감이 일어나는 것 같더니 대화는 한때 꽤 괜찮은 활동가였던 자기 아내나 고흥 지역에 살고 있는 여성들 이야기로 넘어간다. 속시원하게 매듭지어지는 결론은 없었지만, 조만간 부부 동반해서 영화라도 보러 가잔 얘기가 나온다. 여성들이 집 밖으로 나오려면 당신들이 그만큼 집 안으로 들어갈 때도 있어야 한다는 얘기를 나는 일단 꿀꺽 삼킨다. 지금은 이 사람들이랑 내가 정들어 가고 있다는 게 더 중요하다고 생각한다. 원칙적인 얘기들보다는 서로의 삶을 더 많이 나누는 게 먼저라고 생각한다. 모두가 공감할 수는 없는 원칙으로 바꿀 수 있는 삶보다는 함께 나눈 삶만큼 함께 만들어 갈 원칙이 더 중요하다는 생각.

이런 생각을 할 때면 나는 어디서부터 어디까지 타협을 하며 살고 있는 건가 돌이켜보게도 되고, 한편으로는 이런 생각도 할 줄 알다니 "많이 컸다, 명인~!" 싶기도 하다. 고흥에 살면서 이런 일에 부딪힐 때마다 나는 '공략하기보다는 낙후시켜라'라는 페미니즘의 오랜 전략을 상기하게 된다. 시도때도 없이 지역의 남성문화와 싸우는 데 힘을 빼는 대신에 얼굴 한 번 본 적

없던 그 남성들의 아내들과 모임을 만들고 이어가는 데 더 힘을 쓰는 식으로.

아직은 여성모임 친구들도 나와는 너무 다른 성향이라 기껏해야 친목모임 정도다. 처음엔 온갖 용하다는 점집 얘기, 막장 드라마에나 나올 것 같은 괴팍한 시집식구들 흉보기로 시간을 보내는 이 모임이 참 고역스럽기도 했다. 하지만 그러면서 농사짓는 친구들에게서는 농산물을, 어민인 친구에게서는 해산물을 얻어먹고 뭐라도 생기면 부지런히 전화해서 나눠먹는 사이에 이렇게 저렇게 정이 들더라. 만나는 시간이 쌓일수록 김장을 같이 하고 여행도 같이 다니면서 시골에 사는 기혼 여성으로서의 온갖 애환을 나누고 있다. 그렇게 몇 년을 지내다 보니, 지역 바깥에서 함께 운동하며 만나는 사람들보다도 이 친구들에게 시골에서 여성으로 산다는 것에 대해 공감받을 때가 많다고 느낀다. 그런 의미에서 '여성 지지모임'은 시골에서 살아가는 여성에게 없어서는 안 될 만큼 필수적이고 귀한 존재다. 지금은 이 여성들도 가끔은 지역모임에도 나오고 집회에도 나오지만, 지난 몇 년 동안 지역운동 어디에서도 여성은 눈 씻고 찾을래도 없어서 늘 나 혼자였다. 여성모임이 시작된 뒤로도 늘 사적인 공간과 사적인 화제에 갇혀 있어 모임이 답답하던 때를 생각하면 사람 관계, 참 모를 일이라는 생각이 든다. 나는 때때로 이렇게나 달라진 나 자신에 대해서도, 또 나랑 놀아 주고 있는 고흥사람들에 대해서도 신기해하고 놀라워할 때가 있다.

내가 이렇게 달라질 수 있었던 환경과 조건에 대해서 생각한다. '노동중독·소비중독'인 채 살던 도시에서는 도무지 알지 못했던 타인의 필요와 도무지 배울 수 없었던 겸손에 대해서. 타인이 필요해야 겸손도 배우게 되는 거더라. 다시 말해 죽어라고 '돈을 벌거나 돈 주고 사는 것'말고, 사람이 '먹고 사는 일'에 대해서 도무지 뭘 아는 게 있어야 아는 척도 하고 살지 말이다. 늘 남의 도움으로 사는 주제에 잘난 척도 쉽지 않더란 말씀.

아무리 농촌이 예전과 달라졌느니 농사는 이제 기계가 다 짓느니 해도 막상 농사를 지어 보니, 여전히 농사는 하늘에 달린 일이고 상호의존의 공동체가 없이는 불가능한 일이더라. 그것이 여전히 매우 전근대적인 가부장적 공동체라 하더라도 말이다. 각자도생밖엔 길이 없다는 대도시에서 '타인의 존재'란 무엇일까? 층간소음으로 고통을 주는 이들이 곧 이웃인 대도시에서 과연 '사회'란 무엇일까? 사회라는 게 있긴 할까? 언젠가 사회주의자를 자처하는 지인에게 했던 농담이 떠오른다. "사회가 있어야 사회주의를 하든가 말든가 하지."

이렇듯 나는 지극히 가부장적인 농촌사회에서 살아가며 여전히 해결되지 못한 숙제들과 때로는 내가 생각해도 놀랄 만큼 달라진 내 모습, 그 사이 어디쯤에서 멈칫거리며, 전근대를 넘어서는 상호의존의 공동체와 근대를 넘어서는 평등한 개인의 연대가 가능할까에 대해 자주 생각한다. 덕분에 나에게서 선한 본성과 의지를 꺼내 쓰게 하는 환경과 조건을 만드는 일에 새삼 관심이 생기기도 한다. 어떤 삶의 자리에 있을 것인가, 그리고 어떤 삶의 자리를 만들어 갈 것인가.

새삼 내가 쓴 글을 다시 읽으면서 지난 6년을 돌아보니 낯이 뜨겁기도 하고 한편으론 스스로가 대견해서 등을 토닥거려 주고도 싶다. 좌충우돌 부끄러운 기록들을 책으로 묶어내며 제일 먼저 생각하는 것은, 문득문득 나를 울컥거리게 만드는 고마운 사람들. 마음 깊이 존경할 만한 스승과 벗들이 있다는 것만으로도 참 복받은 일인데, 늘 보살핌까지 받고 있으니 얼마나 감사한지. 문득 가슴이 묵직해진다. 그분들이 곁에 있으니 내가 어느 길로 가더라도 끝끝내 잘못 살진 못할 것 같은 느낌. 고맙고 또 고마운 일이다. 한 사람 한 사람 떠올리며 이름을 적어 볼까도 했으나 역시나 깊이 품은 마음일수록 쉽게 입 밖에 내지 못하는 내 성품에, 그건 여간 어색하고 민망한 일이 아니다. 그저, 마음의 빚들은 삶으로 갚으리라는 다짐으로 이 지면을 빌어 감사를 대신한다.